KB153294

명상, 마음 치유의 길

명상, 마음 치유의 길

1판 1쇄 인쇄 2013년 10월 25일
1판 1쇄 발행 2013년 10월 30일

지은이 정운
펴낸이 이규만

펴낸곳 참글세상
출판등록 2009년 3월 11일(제300-2009-24호)
주소 서울시 종로구 인사동 7길 12 백상빌딩 1305호
전화 (02) 730-2500
팩스 (02) 723-5961
e-mail kyoon1003@hanmail.net

ISBN 978-89-94781-20-4 03810

값 13,000원

명상, 마음 치유의 길

행복한 삶, 그리고 자유로운 영혼을 위한 명상 숲길 가이드

정운 지음

참글세상

1% 나눔의 기쁨

인생은 여행이었고, 그 여행은 바로 삶의 길이다. 한동안 여행을 하면서 출가자로서의 길을 모색하기보다는 삶을 어떻게 바라보고, 그 삶을 어떻게 이끄는 것이 최선인가를 고민했었다. 3년여 동안은 책과 씨름하지 않고, 길 위에서 보냈다. 이때 배운 것은 여유와 과정이라는 단어였다. 어디에 도착해야 하는 그 목적지를 중요하게 생각하지 않고 삶의 각 과정을 누리는 여유를 품게 되었다. 더불어 깨달음이라는 그 목적이 중요한 것이 아니라 공부해 나가는 과정 속에 수행하려는 노력이 중요하다는 사실을 가슴에 담았다. 이렇게 삶의 여행길에서 축적되었다가 훗날 숙성 발효되어 나온 글이 바로 이 책이다.

2001년 처음으로 대학에서 좌선이나 명상 관련된 교양과목을 강의하였다. 박사 수료 후 주어진 책무요, 의무라고 받아들였다. 물론 그 이전부터 학생 법회를 5~6년 해왔던 터라 강의에 어려움은 없었다. 계절학기 수업까지 치면 꽤 장시간 학생들과 함께 보내었다. 학교를 그만두고 성지 순례와 여행으로 1년 8개월, 미얀마에서 1년을 보낸 뒤에 다시 대학으로 돌아왔다.

다시 강의를 하면서는 처음 강의할 때의 마음가짐과는 달랐다. 무엇보다도 나 자신이 먼저 행복한 마음이어야 학생들에게 행복을 줄 수 있다는 생각을 하게 되었다. 내 목을 혹사시키는 직업이나 다름없지만 그래도 강단에 서 있는 그 시간만큼은 나는 진심으로 행복했다. 이 책은 바로 그 결과물이다.

언제부터 시작되었는지 알 수 없지만 근래는 명상과 힐링이라는 용어가 붐을 이루고 있다. 앞에서도 언급했지만 이 원고는 현대적인 흐름에 맞추어 단시간 내에 작성된 원고가 아니다. 오랜 시간 학생들과 호흡하면서, 사찰에서 법회를 하면서 활용했던 내용을 글로 프레임화한 것이다. 가능한 젊은 시각에 맞추면서도 불교적인 관점을 벗어나서는 안 된다는 것이 나의 지론이다.

의사는 환자를 사랑하는 마음으로 치료해야 하고, 도예가는 마음으로 그릇을 만들어야 하며, 화가는 마음이 담긴 그림을 그려야 하듯이 이 원고는 마음으로 빚은 원고이다. 책으로 출판되기 전부터 필요로 하는 분들에게 복사한 원고를 주었고, 공부할 때 활용하기도 하였다. 중국의 다인茶人은 매우 귀한 차茶는 매매하지 않고 자신이 음용하며, 도예가의 고급 차 도구는 장사꾼이 매매하기 위해 내놓지 않는다고 한다. 관광객들이 차나 찻잔의 진가를 알지 못하고, 헐값으로 평가하기 때문이다.

원고가 훌륭하다는 뜻이 아니라 오랫동안 내 마음을 담아놓은 원고를 타인의 잣대로 평가받고 싶지 않아서이다. 그래서 어느 지인이 출판을 권고했지만 망설였던 것이다. 한편으로는 글의 완성도가 높아지기를 바라지만, 내 한계성을 더 이상 시험하지 않기로 했다.

이 원고를 출판하는 참글세상 이규만 거사님과 지인이 된지도 벌써 30년이 가까워 오는데, 이제야 인연이 맺어졌다. 앞으로 출판사에 맛있는 열매가 주렁주렁 열리기를 기원한다.

명상과 관련된 글을 읽는다고 평온해지는 것이 아니며, 명사의 강의를 듣는다고 힐링이 된다고 생각하지 않는다. 독자가 내 글을 읽고 행복해질 것이라고는 착각하지도 않는다. 다만 배고픈 자에게 빵을 주는 것이 아니라 빵 만드는 방법을 알려주듯이, 이 글을 통해 불교적인 사유 안에서 치유되는 길을 스스로 찾기 바랄 뿐이다.

이 글을 읽고 있는 독자님!
그대가 이 책을 들고 있는 이 순간이나마,
이 세상에서 가장 행복한 사람이기를 진심으로 바랍니다.
나무아미타불!

이천십삼년 수확하는 가을날
개웅산 니련선하원에서
정운

■ 차례

Chapter 7 명상에 대한 진실

Chapter 8 젊은이를 위한 마당

Chapter 1

현대인에게
왜 명상이
필요한가?

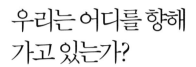

우리는 어디를 향해
가고 있는가?

한국인의 종교인 멘토에 관한 조사가 종종 발표되곤 한다. 얼마 전 발표한 종교인 멘토 순위에서 1위한 분이 2009년 선종善終하신 김수환 추기경이다. 추기경께서 선종하시기 전 병원에서 보낸 몇 달 동안의 투병생활이 가끔 언론에 비춰졌는데, 그 당시 그분과의 인터뷰 내용이 잊히지지 않는다.

"나는 누구인가? 80세 한 생을 산 내가 새삼스럽게 이런 물음을 스스로에게 던져본다. 왜? 무엇이 나로 하여금 오늘에 이르러 남다른 삶을 살게 했는지 나름대로 알아보기 위해서다."

노구의 성직자가 죽음 직전에 읊조렸던 '나는 누구인가?', 몇 년이 지났건만 나의 뇌리에 깊이 각인되어 있다. 한국의 대표적인 불교 수행인 간화선의 화두 가운데 하나인 시심마是甚麼(이뭣고)가 곧 '나는 누구인가'이다. 물론 독자들은 그 '나'가 단순히 개개인의 프로필을 말하는 것이 아님을 잘 알 것이다.

보고 듣고 냄새 맡고 생각하고 누군가를 사랑하기도 하고 누군가를 미워하도록 하게 하는 그 근원적인 '내가 누구인지', 생명을 받기 이전의 근원적인 그 '나'를 의미한다.

미국의 마이크로소프트 창업자인 빌 게이츠(William Henry Gates, 1955~)는 현대를 살아가는 가장 바쁜 사람의 대명사이다. 이런 그가 매년 두 번씩 전화나 인터넷 등 연락할 수 있는 모든 것을 두절하고, 일주일 동안 혼자 은둔한다고 한다.

여기서 유래되어 싱크 위크(Think-week)라는 단어가 알려졌는데, 바쁜 생활 속에서도 빌 게이츠는 삶을 잠시 정지시키는 쉼(휴식)을 실천하고 있다.

인디언들은 말을 타고 가다가 이따금 말에서 내려 자기가 달려왔던 쪽을 한참 동안 바라본 뒤 다시 말을 타고 달린다고 한다. 자신이 너무 빨리 달려서 자기의 영혼이 뒤따라오지 못할까봐, 영혼이 올 때까지 기다린다는 것이다. 그 영혼이란 무엇을 뜻하는 걸까?

바쁘다고, 세상 살기 힘들다고 허둥대며 잃어버리고 있는 자신을 잃어버리지 말라(자각하라)는 교훈이 담겨 있는 내용이라고 볼 수 있다. 어릴 적 읽었던 동화 이야기가 떠오른다.

고요한 밀림 숲 속에 평화로움만이 가득하다. 토끼가 야자수 나무 아래서 낮잠을 늘어지게 자고 있는데 야자수 열매가 머리에 뚝 떨어졌다. 엉겁결에 놀란 토끼는 달아나면서 이렇게 외쳐댔다.

"세상이 무너진다."

이 광경을 본 여우, 코끼리, 사슴, 양, 원숭이, 다람쥐 등 밀림의 동물들은 영문도 모른 채 어디론가 일제히 뛰었다. 사냥꾼이 지나다가 다람쥐를 붙잡고 물었다.

"왜 그렇게 모든 동물들이 뛰고 있느냐?"

"왜 뛰는지 나도 모릅니다. 남들이 뛰고 있으니까 나도 무작정 뛰고 있습니다."

그대는 어디를 향해 가고 있는가? 남들이 걷고 있으니 걸어가고, 타인들이 뛰고 있으니 혹 뛰어가는 것은 아닙니까? 남들이 대학에 가니까 대학에 입학하고, 모든 사람들이 결혼하니까 인연의 소중함을 의식하지 못하고 결혼하는 것은 아닙니까? 모든 사람들이 그런 것은 아니겠지만 자신의 주관과 위치, 삶의 진정성을 잃어버리고 마냥 뛰어가는지도 모른다. 우리는.

자아를 상실한 채 그 잃어버린 상실감조차 인식하지 못하고 살아간다. 그러다 보니 현대인들은 채우지 못한 욕망에 찌들려 있고, 스트레스가 연속되는 삶을 살아갈 수 밖에 없을 것이다. 여기서 벗어날 수 없을까? 신경안정제 약물도, 도박도, 친구도 잠시 동안의 안정을 줄지언정 지속적인 대안이 되지 못한다.

영원한 행복과 평온을 찾을 수 있는 방법은, 바로 명상이라고 생각한다. 명상을 통해 자신의 삶을 되돌아봄으로써 평온을 찾는 것, 내(自我)게 중요한 것이 무엇인지를 살펴보고, 자신을 바라봄으로서 좀 더 나은 삶의 길을 찾는 일이다. 이것이 바쁜 현대인으로서 명상하는 첫 번째 이유이다.

김수환 추기경께서 마지막으로 남긴 유언은 "서로 사랑하십시오." 딱 한 마디였다. 명상하는 두 번째 목적이자 이유는 서로 사랑하고 감사하는 마음을 갖는 것이다.

인간은 이기적인 욕망으로 인해 자신밖에 모른다. 아만심으로 타인을 있는 그대로 받아들이지 못하고 왜곡된 마음으로 타인을 받아들인다. 자아에 대한 집착을 줄임으로서 타인과 하나됨을 시도하는 것이, 명상하는 두 번째 이유라고 생각한다.

이와 같이 명상은 객관적인 관점에서 자아를 살펴보고, 함께 살아가는 이들과 더불어 행복된 삶을 발견하는 자리이타의 길을 실천하는 것이다.

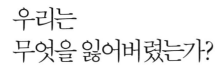

우리는
무엇을 잃어버렸는가?

부처님께서 깨달음을 이루었던 붓다가야를 떠나 우루벨라로 가는 도중이었다. 한 무리의 청년들이 누군가를 열심히 찾고 있었다. 그중 한 젊은이가 부처님께 다가와 물었다.

"도망가는 여자를 보지 못했습니까?"
"보지 못했는데, 무슨 일입니까?"

그들 중 한 명이 부처님께 전후 사정을 이렇게 설명하였다. 그들은 인근에 사는 부잣집 아들들인데, 부인들과 함께 놀러왔다. 그들 중 결혼하지 않은 한 청년은 유녀를 데리고 왔다. 그들이 한참 놀이에 정신 팔려있는 틈에 유녀가 그 사람들의 보석을 훔쳐 달아났다는 것이다.

부처님께서 그들의 얼굴 모습을 보니, 보석을 훔쳐간 유녀를 찾으면 가만두지 않을 기색이었다. 부처님께서 말씀하셨다.

"젊은이들이여, 달아난 여인을 찾는 것과 자기 자신을 찾는 것 중 어느 것이 더 중요하다고 생각하는가?"

2500여년 전의 일이라고 생각하지 말고, 독자께서는 자신이 무엇이 더 중요하다고 여기는지 대답해보라. 아마 대부분의 사람은 본능적으로 물건 훔친 여인을 찾는 것이 중요하다고 생각할 것이다. 과연 우리가 잃어버린 것이 보석만일까?

잃어버린 것은 보석보다 더 귀한 자아自我이고, 자신이며, 청정한 인간 본연인 부처 마음이다. 끊임없는 욕망으로 인해 우리는 자아를 잊고 있는 것이다.

인간은 누군가 금덩어리를 선물로 주면, 받는 자는 금덩어리에 고마워하는 것이 아니라, '옆에 있는 은덩어리도 왜 같이 안주지?'라고 생각할 만큼 욕심을 낸다.

로마 철학자 세네카(B.C 4~A.D 65)는 "당신이 갖고 있는 것과 처해 있는 상황이 불만스럽다면, 세계를 정복(소유)하더라도 불행할 것이다." 라고 하였다.

내가 사는 동네에 지금은 돌아가셨지만, 80대 후반의 노보살님이 사셨다. 할머니는 인근 주변에 건물을 두어 채 소유하고 있었고, 건물 임대료만 해도 한 달에 몇 백만 원을 받았다.

30년 이상을 함께 산 동네 사람들은 물론 자식들에게도 인색했고, 겨울에도 연료비를 아끼며, 김밥으로 끼니를 때울 만큼 스스로에게도 가혹했다.

가끔 동네 어귀에서 만나면 '스님도 사주팔자를 볼 줄 알아야 배곯지 않는 법'이라며 경제 원리를 한참 말씀하셨다. 재작년 88세에 할머니가 쓰러졌는데, 한 달 만에 세상을 하직했다. 당신 스스로는 최선의 인생을 살았다고 할지 모르지만, 살아생전 그분을 뵈면 가슴이 막막하고 답답했다.

이 노보살님만 그런 것이 아니라 인간은 나이 들어갈수록 집착이 더 심해지고 천년 만년 살 것처럼 착각한다.

물론 건전한 욕망은 삶의 원동력이요, 진일보할 수 있는 인생의 비타민이다. 희망을 상징하는 욕망을 버리라는 것이 아니다.

그릇된 욕망을 내려놓으라는 뜻이다.

'무엇이 그녀로 하여금 그렇게 살다가게 했을까?'를 생각해보았다. 그것은 욕망과 탐욕심 이전에 어리석기 때문이다. 부처님께서 자기 자신을 찾으라고 하는 것은 진리를 소중히 여기고 법을 깨달음으로써 어리석음이 제거되어야 함을 강조한다.

그래서 불교의 최고 지향점은 지혜(반야)를 얻는 것이다. 자아를 홈

쳐간 도둑은 욕망이요, 어리석음이건만 그 도둑은 잡지 않고 엉뚱한 곳에서 계속 헤매고 있으니 스트레스만 하늘 높이 치솟아 오르는 것이다.

몇 년 전에 국가별 행복지수 조사 결과를 발표하였는데, 최빈민국이라고 할 수 있는 방글라데시나 네팔 등 아시아 국가의 사람들이 상위권을 차지했고, 미국이나 유럽 사람들의 행복지수가 낮은 것으로 발표되었다.

미국이나 유럽은 선진국가로서 물질적인 부가 풍부하고 사회복지가 완비된 나라이지만 그 국민들은 결코 행복해하지 않는다는 게 사실이다.

미국의 신지학 명상가인 스코트 니어링(Scott Nearing, 1898~1987)은 "삶에서 정말 중요한 것은 당신이 갖고 있는 소유물이 아니라, '당신 자신이 누구인가?'를 사유하는 일이다."라고 하였다.

이처럼 이제는 서양 사람들도 물질 = 행복이 아님을 명확하게 깨닫고, 자신의 본질을 알기 위해 명상에 관심을 가지기 시작했다. 이들은 참다운 고독의 본질을 알고자 하며, 물질로도 해결할 수 없는 행복을 찾아 나선 것이다.

명상은 바로 현재 자신이 누구인지, 인생의 최고 가치를 위하여 무엇을 추구해야 하는지에 대해 삶의 언저리를 살펴보는 일이다.

'우리가 잃은 것이 무엇이고, 찾아야 할 것이 무엇인가?'

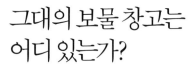

그대의 보물 창고는
어디 있는가?

"이상하다. 왜 없지, 어디로 사라진 거지!"

책상 위 물건들을 다 치워보고, 책상 서랍까지 죄다 열어보고, 내 방은 말할 것도 없고 법당이나 차방까지 다 뒤져 보아도 내가 찾는 물건은 나타나지 않았다. 가방 구석에 끼어 있나 싶어 가방에 있는 물건들을 다 꺼내고 가방 속을 뒤집어도 보고, 혹 승복 호주머니에 들어있으려나 싶어 근래 입었던 적삼 주머니를 다 열어 보아도 내가 찾는 물건은 끝내 보이지 않았다.

"아이구, 참네! 얼마나 아끼던 것인데……."

1년 내내 손에서 놓지 않고 좋아했던 보리수 염주가 며칠 전부터 보이지 않는다. 일주일 전 염주 실이 끊어질 것 같아 튼튼한 실로 다시 단

단히 엮었기 때문에 영원히 내 손에 있을 것이라고 생각했다.

솔직히 몇날 며칠을 찾아 헤매었다. 자다가도 벌떡 일어나 찾았으니 염주에 대한 나의 질긴(?) 애착에 나 자신도 놀라웠다. 이제는 '나와 염주와의 인연이 다 되었나보다'라고 생각하고 찾는 것을 포기하려는 순간, 번득 나의 뇌리를 스치고 지나는 것이 있었다.

'잃어버리고 진정 찾아야 할 것은 이런 물건만이 아니건만 왜 물건 잃어버린 것에는 집착하고, 찾아 헤맨단 말인가, 왜 나 자신은 찾으려고 하지 않는가?'《수능엄경》의 이런 구절이 생각났다.

> 부처님께서 부루나 존자에게 말씀하셨다.
> "실라성에 연야달다라는 사람이 있었다.
> 그는 어느 날 우연히 거울을 보니,
> 분명 어떤 얼굴이 하나 있긴 있는데
> 그건 자신의 얼굴이 아니었다.
> 그는 '여기 거울 속의 사람은 내가 아니다.
> 나의 얼굴이 어디 갔지? 내 얼굴을 찾아야겠다.'라고 하면서
> 계속 자신의 얼굴을 찾아 다녔다."

연야달다라는 사람이 얼마나 어리석은 사람인가? 하지만 어리석다고 손가락질하고 있는 그 손가락을 자신의 가슴 쪽으로 방향을 돌려보라. 자신의 머리를 가지고 있으면서 자신의 머리를 찾고 있는 어리석은

사람이 바로 우리 모두의 자화상이다.

　내적인 무한함과 신비감을 가지고 있는 마음을 우리는 잃어버리고 욕심과 즐거움에만 탐닉해 살아가고 있다. 본성, 자성, 참 마음은 잃어버리고도 잃어버렸다는 생각도 하지 않는 나의 어리석음이 내 가슴팍을 헤집고 들어왔다. 잃어버렸을 뿐만 아니라 부처와 같은 참 성품, 진정한 참 본성을 자신이 가지고 있다는 것조차 자각하지 못하는 것이 아닐까 싶다.

　중국 당나라 때, 유명한 선사인 마조(709~788) 스님이 있었다. 마조에게는 제자가 많은데, 그 가운데 대주혜해라는 스님이 있었다. 대주혜해가 처음으로 마조를 찾아왔을 때의 재미있는 이야기가 있다.

　　제자가 스승에게 인사를 올리자, 마조가 물었다.

　　"여기에 무슨 일로 왔는가?"

　　"불법을 구하기 위해 스님을 찾아왔습니다."

　　"어찌하여 너의 보물 창고를 집에 놔두고, 쓸데없이 돌아다니기만 하는가?

　　나에게는 아무것도 없다. 불법 따위는 찾아서 무얼 하겠느냐?"

　　"제 보물 창고라니요, 무슨 말씀이십니까?"

　　"지금 '진리를 구하고자 찾아왔다'고 내게 말하고 있는

　　자네가 바로 그 보물 창고라네.

　　자네는 모든 것을 다 갖추고 있어 조금도 부족한 것이 없다.

또한 쓰려고 하면, 얼마든지 마음먹은 대로 쓸 수도 있다."

여기서 '보물 창고'란 바로 연야달다가 찾아다닌 자신의 머리요, 우리 인간의 참 마음, 본 성품이다. 우리 모두는 가슴속에 다이아몬드보다 더 소중한 마음 보석을 지니고 있다. 어느 누구, 어떤 것과도 비교될 수 없는 소중한 마음을 가지고 있는 것이다. 우리의 참 본성인 그 마음은 어느 누구도 훔쳐갈 수 없고, 해칠 수 없는 고귀한 존재이다. '중생에게 원래 갖추어져 있는데, 왜 굳이 바깥에서 부처를 구하려고 하느냐'고 마조가 제자를 일깨우는 것이다.

서양 속담에는 희망이나 행복을 상징하는 파랑새 이야기가 있다. 사람들이 파랑새를 찾아 온 지구를 찾아 다녀도 찾지 못하고 집에 돌아와 보니 자기 집 정원에 파랑새가 날아다니고 있었다는 내용이다. 서양에서 파랑새에 비유한다면 동양에서는 매화꽃에 비유를 한다. 어떤 사람이 봄을 찾아 온 천하를 다녀도 못 찾고 집에 돌아와 보니 자신의 집 뒤뜰에 매화꽃이 피어 있었다는 이야기다.

너무 멀리 있어서 찾을 수 없는 것이 아니라 너무 가까이 있어서 보지 못하고 있는 것이 아닌가 싶다. 바로 자신 가슴속에 그 신성한 마음이 숨겨져 있다. 본래의 그 자신을 떠나서 깨달을 수 있는 것이 아니며, 마음을 여의고서 부처를 구할 수 있는 것이 아니다. 정작 온 우주를 돌아다녀도 참 본성은 자신의 정원에 있는 것이다.

우리가 현재 안고 있는 괴로운 문제를 한번 생각해보자. 사람 사이의 문제로 불편해하든 취직 때문에 힘들어하든 혹은 어떤 자격증 시험에 괴로워하는 것이든 그 어떤 고통스런 문제를 떠올려 보라. 힘든 문제 때문에 끙끙 앓으며 괴로워한다고 해결될 수 있는 것인가.

스스로 옭아맨 줄 가운데 거미가 묶여 있는 것처럼, 누구나 겪을 수 있는 고통을 스트레스라는 줄로 계속 자신을 옭아매고 있다는 사실을 염두에 두라. 즉 삶 속에서 당연히 발생할 수 있는 고통을 해결하거나 벗어나려하기보다는 자신을 더 힘들게 해서 스트레스라는 병(문제)을 만들어 고통받고 있는 셈이다.

자신 스스로 만들고 빚은 스트레스에서 어떻게 구제될 것인가? 누가 구제해줄 수 있겠는가? 아무도 구제해줄 수 없다. 휴식(쉼)을 가져보자. 자신의 괴로워하는 그 마음자리에서 평온과 행복을 발견할 수 있을 것이다. 명상이라는 고요한 쉼은 인생을 재충전할 수 있는 기회요, 스트레스를 줄일 수 있는 기회이다.

하루에 조금씩, 일주일에 몇 번만이라도 쉼을 갖는다면 매화꽃과 파랑새를 찾기 위해 멀리까지 소풍 떠나지 않아도 된다. 그 잃어버리고 있던 참다운 나, 내가 원래 가지고 있던 참 본성을 만날 수 있을 것이다. 인도의 성자 마하트마 간디의 말을 인용해보자.

"인생의 목적은 의심할 나위 없이 자기를 깨달아 나가는 데 있다. 우리 모두의 가슴속에 살아 있는 하나님을 깨달을 필요가 있는 것이다."

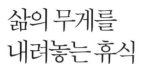

삶의 무게를
내려놓는 휴식

어떤 사업가가 우연히 시골 마을을 지나던 중, 어부를 만났다. 그 어부는 느긋하게 낚싯대를 드리워 놓고 쉬고 있었는데, 사업가가 보기에 어부가 고기를 잡는 것 같지 않았다. 사업가가 어부에게 다가가 물었다.

"선생님, 왜 고기를 잡지 않습니까?"

"오늘 필요한 고기는 다 잡았기 때문에 더 이상 고기를 잡지 않습니다."

"이상하군요. 당신은 아직도 일할 수 있는데, 설령 필요한 만큼 잡았더라도 이렇게 쉬지 말고, 더 많은 고기를 잡아서 이윤을 많이 남기면 부자가 되잖아요."

"힘들게 일해 돈을 많이 벌어 부자가 된 다음, 그 다음은 무얼 합니까?"

"그때는 느긋하게 쉬면서 남은 여생을 보내는 겁니다."

"그런데 나는 지금도 느긋하게 인생을 쉬면서 일하고 있습니다."

이 글을 읽으신 그대여, 그 사업가는 자신의 말대로, 과연 부자가 된 다음, 남은 여생을 편안히 쉬면서 보낼까요? 사람들마다 가치관이 다르기 때문에 단정할 수는 없지만 그 사업가는 죽을 때까지 돈 버는 일만 궁리하고 아둥바둥 집착하다 이 세상을 떠날지도 모른다. 이 사업가는 바로 우리들 모두의 자화상이다.

일반 사람들의 삶을 들여다보자. 젊은 학생들인 경우, 오로지 대학 입학을 목표로 19세까지 학교 교실 안에서 지낸다. 대학에 들어가면 상아탑 같은 학문의 터전이 아니라 오로지 취업을 위한 스펙 쌓기에 혈안이 되어 있다.

대학생들 과제물을 읽어보면 저학년인데도 대학생으로서 누리는 젊음은 없고, 스펙과 미래에 대한 불안감으로 가득 차 있다. 대부분의 대학생들이 자신만 스펙을 쌓지 못하면 뒤처진 것이라 생각하고 불안해한다. 졸업하고 취업을 하면, 그때부터 또 경쟁이 시작된다. 팀장이 되려고 기를 쓰고, 팀장이 되면 더 나아가 부장 자리를 원한다. 40대에 부장 자리에 앉으면 이때부터 치고 올라오는 후배들 때문에 불안하고, 언제 명예퇴직 당할지 몰라 전전긍긍 좌불안석이다.

도태되지 않기 위한 인간의 삶이 마치 동물들의 영역 표시하는 것과 다를 바 없다. 자신의 삶의 영역보다 더 넓은 영역을 차지하려고 하고, 자신의 능력에 비해 더 많은 것을 원하기 때문에 인간의 마음은 잠시도 쉴 틈이 없다.

정당하게 이윤을 추구하는 것이 아니라 약자를 착취해 배를 불리고, 남을 짓밟아서라도 명예를 구하며, 올바른 인간관계가 아닌 이윤 추구를 위해 사람을 이용하는 등 우리는 인간답지 못한 욕심을 부린다. 우리네 사람들은 탐욕으로 병에 걸리고, 집착과 욕심이 만든 스트레스로 인해 삶의 진흙 밭에서 허우적대고 있다. 건전한 욕심을 내어 바른 삶을 지향하는 진보적인 욕심이 아니라 그 이상의 탐욕을 부린다는 뜻이다.

의학적으로도 암은 유전보다는 후천적인데서 발생한다고 한다. 그 단적인 예로 프로 축구나 야구 선수들이 일반 사람보다 단명한다는 연구 결과 발표가 있었다.

남들보다 좋은 성적을 거두어야 한다는 강박감에 시달리기 때문에 결국 자신의 병을 키우는 것이 아닌가 싶다.

우리 모두는 '삶의 무게가 버겁다'고 불평하면서도 내려놓지 않고 계속 짊어지고 있다. 서글픈 이야기지만 현재 지상에 살고 있는 우리 중생들의 실제 모습이다.

무한 경쟁시대에 놓인 현대인들의 삶은 마음 한켠 쉴 곳 없이 늘 쫓기듯 살고 있다. 불완전한 삶이 우리를 초라하게 만들고, 불확실한 갈망으로 유토피아를 꿈꾸지만 이상세계는 너무 멀리 있다.

그러니 조용히 사유해보자.

인간으로 태어나 허우적대며 살다가 쓸쓸히 죽기에는 인생이 너무 허전하지 않은가! 현재만 힘든 것이 아니라 어느 시대고 힘들지 않은 시대는 없다. 지금 쉬지 못하는데 몇 년 후에 유토피아 세계가 있을 거라고 누가 장담하겠는가.

《불유교경》에 이런 말이 있다.

> "만족할 줄 모르는 사람은 수만금을 가지고 있어도
> 가난하다고 신세 한탄하지만,
> 만족할 줄 아는 사람은 비록 가진 것이 적을지라도
> 최고의 부자라고 생각한다."

그래서 진정한 행복은 소유하지 않는 무소유가 아니라 가진 것에 만족할 줄 아는 마음이다. 그러니 키워드는 바로 욕심과 욕망이다.

부처님 재세 시에도 부처님께서는 수행자에게는 무소유를 강조했지만, 재가자들에게는 무소유가 아니라 집착과 욕망을 다스려 자신의 이익을 타인들에게 보시하는 베풂(보시)을 강조하셨다.

자신에게 끊임없이 일어나는 불필요한 욕망을 내려놓는 일, 그 자체가 만족할 줄 아는 것이요, 바로 행복으로 가는 지름길이다.

진보적인 삶을 위해 진취적인 욕망을 갖지 말라는 것이 아니다. 만족할 줄 모르고 허둥대는 인간의 이기심, 불필요한 욕심을 내려놓으라는 것이다.

휴식, 명상은 현대인들에게 끊임없는 욕심과 갈망에 대한 멈춤을 의미한다고 볼 수 있다.

명상이라는 단어는 '치유한다'는 의미의 라틴어에서 파생된 것으로, 바쁜 현대인들에게 정신적·육체적 휴식을 의미하기도 한다. 마음속에서 좋지 못한 생각이나 불안함, 화가 일어난 마음 등을 한곳으로 집중시켜, 마음의 안정과 육신의 치유를 위한 착한 호르몬으로 바꾸어 나가기 때문이다.

이에 명상을 통해 몸과 마음이 이완된 상태에 머물게 되므로 안정을 찾을 수 있는 것이다.

자신이 어떤 마음으로 살아가고 있는지를 자각해보는 것도 행복한 길로 접어드는 것이요, 그 자체가 곧 명상이 된다.

언제 우리에게 죽음이 닥칠지 모른다. 계속 미루게 되면 죽을 때까지 못하게 된다. 마음 치유를 위한 휴식(명상)은 내일이나 모레부터 하는 것이 아니다. 바로 오늘, 지금부터 실천해보자.

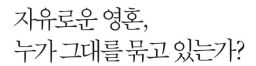

자유로운 영혼,
누가 그대를 묶고 있는가?

"그대는 지금 마음이 편안하십니까?"

그대의 답을 내어 보아라. 사고하고 이성적으로 판단한 답이어서는 안 된다. 바로 즉각 나오는 답변이어야 한다. 아마 많은 사람들이 평온하다는 답변보다 불안하고 초조하다는 답변을 할 것이라 생각된다.

이는 자신의 능력보다 더 많은 것을 갈구하는데, 성취되지 못하는 것에 대한 불안감 때문이요, 또한 인간은 소유한 것에 대한 만족보다는 부족한 것에 대한 갈망이 더 강하기 때문이다.

어쨌든 원인 모르게 발생하는 불안과 스트레스를 해결하기 위해 자신이 어떤 노력을 기울이는지 객관적으로 생각해 보자.

실은 평온이나 행복은 아무리 찾으려고 노력해도 쉽게 찾아지지 않는다. 너무 멀리 있는 듯 하면서도 가장 가까이에 존재하기 때문이다. 평온과 행복, 편안함은 바로 내 마음속에 있는 것이다. 그런데 자신에게 내재되어 있는 줄 모르고 너무 멀리 찾아 나선다. 아일랜드 소설가 죠지 무어(George Moore)는 "어떤 사람이 필요로 하는 것을 구하기 위해 온 세계를 헤매다가 집으로 돌아와 보니, 그것은 바로 집에 있었다(A man travels the world over in search of what he needs and returns home to find it)."라고 하였다.

누군가 나의 불안을 해결해주고 행복한 세계를 열어줄 것 같지만 아무도 해주지 않는다. 인간은 철저히 혼자이고 외로운 존재이다.

힘들다고 누군가를 탓하고 원망하는 화살을 보내면, 오히려 그 비난의 화살은 부메랑이 되어 자신에게 꽂힌다.

불안스런 현실과 불행을 타개할 사람은 바로 자신 밖에 없으며, 행복한 세계를 열어주는 사람도 오로지 자신뿐이다.

520년 무렵, 달마 선사가 인도에서 중국으로 건너와 숭산 소림사 뒤쪽 굴에서 홀로 수행하고 있을 때의 일이다. 눈이 많이 내린 겨울, 혜가라고 하는 승려가 달마를 찾아왔다.

불혹의 나이였던 혜가는 달마를 만나면 괴롭고 고난스런 삶이 활기차게 될 거라는 확신을 가지고 먼 길을 마다하지 않고 찾아온 것이다. 혜가가 달마에게 물었다.

"스님, 저의 마음이 편하지 못하고 불안합니다. 어떻게 하면, 저의 불안한 마음을 안심安心시킬 수 있을까요?"

"…… 그래 그렇다면, 그대의 불안한 마음을 한번 가지고 오너라. 가지고 오면, 너의 마음을 안심시켜 주리라."

혜가는 자신이 먼저 언급한 불안한 마음을 달마에게 내어놓을 수가 없었다. 그 불안한 마음이 가슴에 존재하는지 머리에 있는지, 마음 밖에 존재하는지 안에 있는지, 모양이 둥그런지 세모인지, 형체가 작은지 큰지를 알 수가 없었던 것이다.

번뇌와 불안한 마음을 싹 틔우고 꽃 피우게 하는 근본 자리는 바로 안심이라는 자리이다. 곧 불안한 마음과 편안한 마음자리는 손바닥과 손등의 관계로 손이라는 똑같은 존재에서 나온 것이다.

그대 눈동자 속이 아니면 답은 어디에도 없듯이 현재 내 삶 속에 유토피아가 존재하고, 내 안에 행복과 평온이 자리 잡고 있다. 불안한 마음과 편안한 마음은 운명 지워진 것이 아니라 스스로가 만들어 내는 것이다(학문적으로 표현하면, 깨달을 수 있는 자성과 청정한 그 본원이 안심이라고 할 수 있다).

달마와 혜가의 문답과 똑같은 이야기가 바로 다음 후대 선사들에게서도 나타난다.

중국 선종의 3조인 승찬 스님에게 14세의 어린 사미(훗날 4조 도신)가 찾아와 물었다.

"스님께서 자비를 베풀어 제게 해탈 법문을 하나 주십시오."

"누가 그대를 해탈하지 못하도록 묶어 두었는가?"

"아무도 그런 사람이 없습니다."

"묶은 사람도 없는데, 무엇을 벗어나려고 한단 말이냐?"

그대를 깨달음에 이르지 못하도록 누가 묶고 있는가? 누가 그대의 자유로운 영혼을 괴롭게 하는가? 예를 들어 보면, 누군가 아무리 자신을 비난해도 자신이 그 비난에 휘말려 괴롭지 않으면 그대는 마음이 편안한 것이다.

결국 어떤 고난이나 번뇌는 자신이 만들고 자신을 스스로 묶고 있으니, 그 번뇌의 묶음을 풀어야 할 사람은 바로 자신이다.

《유마경》에서는 "번뇌를 일으킨 그 자리에서 깨달음(菩提)을 구해야 하며, 생사生死가 일어난 그 자리에서 열반을 구해야 한다."라고 하였다. 청정한 연꽃이 진흙 밭에서 피어나듯 번뇌가 일어난 그 자리가 바로 깨닫는 근원처라고 보는 것이다.

그래서 고려시대 보조지눌 스님은 "땅에서 넘어진 자는 땅을 짚고 일어나라."라고 하였다. 이렇게 깨달은 선사들의 문답처럼 우리 범부들의 삶도 마찬가지다. 스스로를 묶고 있는 것이며, 스스로 만들어낸 고뇌 때문에 힘들어 하는 것이다.

어느 누구도 자신을 괴롭히는 자는 없다. 번뇌의 덫에 걸려 있다고 한다면 그 덫은 자신이 만들어 놓은 것이요, 자신이 자유롭기를 원한다면 얼마든지 자유로운 영혼이 될 수 있다.

불안한 마음에서 평온한 마음으로 전환할 수 있는 열쇠는 바로 자신이 가지고 있다. 다른 사람이 열어주는 것이 아니다. 이러기 때문에 역대의 선지식들은 '밖에서 구하지 말라.'는 말씀을 제자들에게 누누이 강조한 것이다.

현대인들은 스트레스를 풀기 위해 사람을 만나거나 음주를 하거나 약을 복용하는데 이는 또 다른 업을 만들어낸다. 밖으로 그것을 풀고자 한들 해결될 수 없다. 아니 자신이 더 깊은 타락의 길로 내던져질 수 있음을 명심해야 한다.

모든 고뇌들은 자신이 부수적으로 만들어낸 허상에 불과하다. 우리 각자는 자신의 삶을 창조해 나가는 운전사다. 자신만이 주인인 것이다.

진정한 주인을 만나기 위해서는 휴식(쉼)을 가져 보는 일이다.

휴식이란 바로 명상이요, 내 안에 들어 있는 행복과 편안한 존재를 느껴보는 일이다.

명상은 참다운 자아, 스트레스에 허둥대는 불안함을 잠재울 수 있으며, 진정한 자아를 만나는 최선의 길이다.

팔만대장경이 모셔진 해인사 장경각 주련에 이런 구절이 있다.

"원각도량이 어디에 있는가(圓覺道場何處)?"
"번뇌가 일어난 곳, 바로 이 곳이다(現今生死卽是)."

Chapter 2

사색과 명상

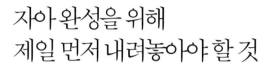

자아 완성을 위해
제일 먼저 내려놓아야 할 것

'파홈'이란 이름을 가진 남자는 겨우 소작인에 불과한데, 좀 더 넓은 땅을 구입해 대농장을 가져 보고 싶었다.

그는 땅값의 반을 겨우 마련한 뒤, 나머지는 2년 후에 지주에게 갚기로 하고 땅의 소유주가 되었다. 이전의 지주들이 소작인들에게 행패를 부렸던 것처럼 파홈도 소작인들의 노동력을 착취해 수확량을 늘렸다. 마침 농사가 잘되어 더 많은 땅을 소유하게 되었다.

이 무렵, 누군가로부터 "어느 곳에 가면 더 많은 땅을 소유할 수 있다."라는 말을 듣고, 원래 가지고 있던 땅을 모두 팔아 그곳으로 이주해 더 많은 땅을 소유하였다. 또 그곳에서 노동자의 노동력을 착취해 수확량을 늘린 뒤, 더 넓은 땅을 소유하기 위해 계속 이주해 나갔다. 그러던 어느 날, 나그네로부터 "바슈키르 지방에 가면 더 많은 땅을 소유할 수 있다."는 말을 듣고 그곳으로 옮겨갔다.

그런데 바슈카르 지방의 법에 의하면 '출발 지점에서 시작해 하루를 걸어 해질녘까지 원 출발점으로 되돌아오면 그 하루를 걸어 다닌 땅이 모두 그 사람의 것'이었다. 파홈은 출발하여 계속 걸었다. '조금만 더 더……' 하다가 결국 해질녘이 되었고, 출발점으로 되돌아갈 수 없는 지점까지 가버렸다. 그는 너무 멀리 왔다고 생각하고, 출발 지점을 향해 뛰고 또 뛰어 겨우 도착했다. 도착하자마자 파홈은 심장마비로 그 자리에서 사망했다. 욕심 때문에 결국 자신의 시체 하나 들어갈 6척 구덩이 땅의 주인이 된 셈이다.

이 이야기는 내 가슴 언저리에 오랫동안 자리 잡고 있는 톨스토이 단편소설 중 하나이다. 그의 작품 속에는 인간의 이기적인 심리와 탐욕이 적나라하게 묘사되어 있어 나는 톨스토이를 매우 좋아한다.

시간강사에게는 보따리를 들고 다녀야 하는 애환이 있기 때문에 자동차가 긴히 필요하다. 평소에 외출이 많지 않아 굳이 차를 사야 할까를 망설이다 속가 형제의 도움을 빌려 차를 구입한 지 2년이 넘었다. 어제 저녁, 주차 도중 운전석 앞바퀴 차체에 흠이 생겼다. 스스로 '그럴 수도 있지.'라고 위로하면서도 오늘 하루는 불쑥불쑥 자신에게 화가 났다.

《숫타니파타》에 "자식이 있으면 자식 때문에 근심이 생기고, 소가 있으면 소 때문에 걱정할 일이 생긴다. 집착 때문에 근심과 걱정이 생겨난다."고 하였으니 인간은 가지고 있는 만큼 그것으로 고苦가 따르는 것이 당연한 일이다. 적은 것에 만족하지 못하고 부족한대로 받아들이지 못하고 욕심 부린 만큼 고통의 대가를 치러야 하는 법이다.

욕심에 따라 생기는 고뇌에 대해 수용할 줄 알아야 하건만 욕심은 채워야 하고, 손해는 보지 않으려는 나의 이기심에 환멸이 나려고 한다. 수리해도 몇 푼 들지 않지만 차체의 손상을 그대로 두기로 했다. 내 자신에게 욕심의 대가만큼 치러야 하는 고통이 있다는 사실을 경각시키기 위해서다.

동물은 배고플 때 약자를 잡아먹고, 배가 부르면 상대를 해치지 않는다. 또 상대가 먼저 태클을 걸지 않으면 상대를 위협하지 않는다. 음식을 비축하지 않고, 필요한 만큼만 먹기 때문에 자연의 순리인 먹이사슬이 유지되는 것 같다. 그런데 만물의 영장이라고 하는 인간은 필요치 않아도 그 이상을 요구한다. 99개 가진 사람이 1개 가진 사람의 물건을 빼앗아 간다고 하니, 인간의 탐욕의 높이는 에펠탑(Tour Eiffel)을 세우고도 남을 듯하다.

최근, 1년에 몇십 억을 버는 연예인들이 세금 탈세로 명예가 실추되고, 심지어는 은퇴까지 하는 일이 벌어졌다. 육상 100m 세계 기록 보유자인 자메이카의 우사인 볼트(Usain Bolt)는 조급한 마음에 부정출발로 경기에서 실격당하는 일을 겪었다. 이들의 공통점은 모두 욕심 때문에 벌어진 일들이라는 것이다.

이형기님의 '낙화落花' 시에 "가야 할 때가 언제인가를 분명히 알고 가는 이의 뒷모습은 얼마나 아름다운가"라는 구절이 있다. 내려놓아야 할 때, 내려놓을 줄 알아야 하고, 떠나야 할 때 떠날 줄 알아야 아름다운 법이건만 결국 추한 뒷모습을 보이고 나서야 그 자리를 내어 놓는다.

"중 벼슬은 닭 벼슬보다 못하다."라는 절집 속담이 있는데, 승려들도 이 명예욕 때문에 수행길이 순탄치 못한 경우가 허다하다.

중생이 욕심과 욕망을 갈구함으로써 청정한 마음(佛性)을 병들게 하고 있다. 사자는 밖의 적보다도 제 몸에서 생긴 벌레에 의해 죽어가고, 강철도 자체에서 생긴 녹이 쇠를 갉아 먹듯이 자신의 부질없는 헛된 욕망으로 청정한 마음을 갉아 먹어서는 안 된다.

예전에는 조주 스님의 방하착放下着(모든 것을 내려놓으라)을 이분법적인 관념이나 편견, 사견을 내려놓는 것으로 보았다. 그런데 근래에 들어 방하착이 단순히 그런 의미가 아님을 깨닫게 되었다. 끊임없이 솟아나는 욕심을 내려놓는 일이었고, 그 헐떡거리는 그릇된 자아를 여실히 관찰하는 것임을 알았다.

깨달음에 대한 갈망이 중요한 것이 아니라 자신의 욕망부터 분명하게 보고, 욕망으로 고통이 발생하는 이치를 분명히 알아야 한다. 바로 자신의 욕망부터 내려놓아야 수행의 초석을 다질 수 있기 때문이다.

무소유의
삶

자본주의 사회에서 사람들은 경제적으로 부유하고, 씀씀이가 적지 않은 이들을 가치 있는 사람으로 평가하는 경향이 있다. 틀리지는 않겠지만, 과연 돈이 많으면 인생도 그에 비례해 행복해질 수 있을까 곰곰이 생각해보았다. 실은 경제적 가치 추구는 종교에까지 멍이 들게 해 세인들로부터 지탄받는 요인이기 때문이다.

최근, 돈과 상관없이 진정한 행복이 무엇인지, 무소유 정신으로 진정한 나를 찾아가는 기술에 대해 화두를 던진 사람이 있다. 오스트리아의 백만장자인 칼 라베더는 작년에 자신의 전 재산을 기부하고, 지금은 한 달에 1,350달러(약 150만 원)로 생활한다는 내용이 해외 토픽으로 기사화되었다. 라베더가 이렇게 생활하게 된 데는 이유가 있었다. 그가 전 재산을 기부한 것은 돈이 행복을 주는 것이 아니라는 것을 깨달았기 때문이다.

라베더는 어린 시절, 가난하게 자랐기 때문인지 돈에 대한 집착을 가지고 있었다. 그는 돈이 많으면 행복해질 것이라는 믿음을 가지고 악착같이 벌어 천문학적인 경제를 소유하게 되었다. 그러던 어느 날 라베더는 '자신이 돈의 노예로 살고 있다.'는 생각을 하게 되면서 부인과 함께 여행을 떠났다.

여행 중 그는 하와이의 고급 호텔에서 오랫동안 머물렀다. 그런데 호텔 직원들이 지나칠 정도로 과잉 친절을 베풀어 불편해지기 시작했다. '나에게 친절한 것이 아니고 내 돈을 보고 친절을 베푸는 것이 아닌가?'라는 의구심까지 들었다. 라베더는 기업체의 CEO로서 사람들과의 소중한 인연으로 발전하지 못함을 새삼 깨달았다. 회사의 직원들이나 주위 사람들은 그의 인간성이 아니라 경제력에 고개를 숙인 것이다.

또 라베더는 아프리카와 남미를 여행했는데, 아프리카인들과 남미 사람들의 처절한 가난을 목격하고 죄의식을 느꼈다. '나와 내 가족이 지나친 소비를 멈추지 않는다면, 남은 인생이 헛될 것이고, 인간답게 살 수 없겠구나.'라는 생각을 하게 되었다.

여행에서 돌아온 그는 사업체와 별장, 저택 등 모든 재산을 처분하고 제3국을 돕는 자선단체를 설립했다. 그 후, 그는 평범한 사람이 생활하는 돈으로 살고 있다.

라베더는 부와 명예를 추구하거나 경제적인 소비에 집착할 때, 진정한 인간으로서의 길이 아님을 자각한 것이다. 자신의 인생을 어떻게 이끌어 가느냐에 따라 적어도 90%는 다르게 살 수 있다고 하는데, 현재보다 더 나은 인생을 살게 하는 것, 바로 이것이 아름다운 욕망일 것이다.

라베더에 관한 글을 읽고, 한참이나 멍하니 앉아 있었다. 승려로서 그에 따르지 못하는 무소유에 부끄러웠고, 인간 세상의 저급한 현실과 통속적인 비열함에 가슴 아팠다. 즉 그를 통해 교훈적인 면과 인간의 부정적인 측면을 동시에 보았다.

먼저, 인간의 부정적인 측면이란 우리들은 인간의 진실성을 곡해하고, 있는 그대로 사람을 보지 못한다는 점이다. 《금강경》에 "약인색견아若以色見我 이음성구아以音聲求我 시인행사도是人行邪道 불능견여래不能見如來"라는 구절이 있다. 수행자는 진리인 법신法身 부처를 친견코자 해야지, 형색을 가지고 부처를 찾지 말라는 것이다. 그 사람의 참 모습을 보는 것이 아니라 돈과 명예를 보고, 고개를 숙이고 아부하는 경우가 허다하다. 얼마나 어리석은 인간들인가? 또 이 경의 "범소유상凡所有相 개시허망皆是虛妄"도 같은 의미이다.

과연 불자들은 얼마만큼 탈세속적으로 살고 있으며, 여실하게 사람을 평가하는지, 자신을 관조해 보아야 한다. 《금강경》을 수백 번 수천 번 독송한다 할지라도 형상에 집착하여 겉모습으로 사람을 평가하고, 탐욕으로 찌들려 있다면 어찌 승려요, 불자라고 할 수 있을 것인가.

둘째, 그의 탈세속적인 자세와 삶의 바른 지향점을 보고 부끄러웠다는 점이다. 부처님은 출가 승려에게는 무소유 정신을 강조했지만, 재가자들에게는 바른 생활(正命)을 말씀하셨다. 정당한 방법으로 벌어 부를 축적하되, 자신이 소유하고 번 것만큼 보시할 것을 강조하신 것이다. 이것이 바로 중도中道적인 삶이요, 보살행이다. 그래서 초기 경전 곳곳에서 "재가자로서 삶의 윤리를 지키면서 보시하는 일만 잘해도 생천生天(하늘 세계에 태어남)할 수 있다."라고 하였다.

세간의 법으로 보자면, 인생을 어떻게 살아야 훌륭한 삶이라는 법칙은 없다. 하지만 불자로서의 길은 하늘에 태어나는 것을 목적으로 하지 않더라도 보편적인 윤리의식을 지니고, 동시대에 함께 하는 이들과 더불어 사는 삶, 바로 이타(利他)를 지향하는 것이다. 이것이 부처님의 고구정녕苦口丁寧(입이 쓰도록 당부하다)한 말씀이다. 이렇게 볼 때, 라베더의 삶은 인생 회향을 멋지게 한 본보기라고 할 수 있다.

행복은 현재 자신에게 주어진 현실을 어떤 자세로 받아들이고, 얼마나 만족해하는가에 따라 행복해지기도 하고 불행해지기도 한다. 현재 시점에서 가진 것에 만족하고 행복을 느낄 때, 참 나를 찾는 순탄한 길이 열릴 것이다. 라베더는 이런 말을 남겼다.

"난 내 자신을 찾기 위해 수십 년을 소비했다."

내일을
기약할 수 없다

몇 년 동안 책 저술로 마음이 분주해 봄에 피는 꽃조차 제대로 감상하지 못했다. 올 봄은 여느 해의 봄과는 다른 듯 조금 마음의 여유가 생겼다. 일주일 전 동네 뒷산에 올라가보니 아카시아 향기가 온 산에 머물러 있어 그 향내에 취했었다. 오늘은 오랜만에 며칠 전 보았던 아카시아와 야생화의 향취를 느낄 수 있을 것이라는 기대를 품고 산에 올랐다. 그런데 아카시아 꽃들은 모두 떨어져 눈처럼 흩날려 길가에 쌓여 있었고, 더 이상 아카시아 향은 없었다.

일주일 전에 봤던 것을 오늘 또 볼 수 있을 거라고 기대했으니, 참으로 나도 어리석다. 오늘 이 시점이 아니라면, 이 세상 모든 만물이 시시각각 변하여 더는 볼 수 없음을 새삼 깨달았다. 그러니 오늘, 이 시간, 이 시점, 현재 내가 서 있는 이 자리가 얼마나 소중한 것인가?

차茶를 좋아하는 한 스님이 차를 마시며 명상하는 오두막을 짓고 그 오두막집 이름(편액)을 짓기 위해 오래전부터 존경하는 선사를 초대하였다. 그런데 마침 스님은 선사가 오는 당일 날, 급한 볼일이 있어 집을 비우게 되었다. 결국 제자에게 다음에 와 달라는 편지를 보냈는데, 그 선사는 편지를 받지 못했다.

그날 스님이 볼일을 마치고 집에 돌아와 보니, 집을 비운 사이에 그 선사가 다녀갔다. 선사는 스님에게 이런 쪽지를 하나 남겼다.

"이 게으른 중아, 나는 내일을 기약할 수 없다."

스님은 선사를 찾아뵙고 깊이 사죄드린 후, 집에 돌아와 제자들에게 이런 교훈을 남겼다.

"오늘, 오늘하고 그날을 충실히 살아갈지어다.
내일 목숨이 어찌 될지 아무도 모르는 법이다."

예전에 어느 어록에서 읽었던 재미난 이야기를 이제야 가슴 깊이 이해할 수 있었다. 이론적으로 익히 알고 있던 진리인데, 오늘 각인했다는 것은 어느 분야의 진리도 깨닫는 시절인연이 있는가 보다.

기약할 수 없는 인생이니, 이 순간이 가장 소중한 법이요, 행복해야 한다. 어떤 무엇을 기대하고 행복을 바라는 것인가. 타인이 나를 행복하게 해주지 않으며, 주위 환경이 나를 행복하게 만들어주지 않는다. 현재 순간에 행복을 느끼고, 내 스스로 찾고 발견해야 하는 법이다. 그래서 《벽암록》에서는 일일시호일日日是好日(날마다 좋은 날)이라고 하였다.

'일진이 좋으니', '일진이 나쁘니' 하는 그런 방정맞은 생각을 할 필요가 없다. 가끔 신도님들로부터 "이사를 가고 싶은데 어느 방향, 어느 날에 가면 좋으냐?"라는 질문을 받는다.

그럴 때마다 "가고 싶은 날 가시면, 그날이 가장 좋은 날입니다."라고 답해드린다. 특정한 길일吉日이 어디 있겠는가?! 경제적인 상황을 고려해서 자신이 가고 싶을 때 가면 그 날이 가장 좋은 날이요, 최적의 시기인 것이다.

승진하고, 대학에 합격하고, 많은 돈을 벌고, 집을 사고, 어떤 것을 성취했다고 하자. 그것을 누리는 기쁨이 얼마나 가겠는가. 몇 시간, 며칠만 지나면 인간은 또 다른 욕망을 꿈꾼다.

그러니 작은 일에 행복을 발견하는 그 시점, 인생의 순간순간 과정이 인생의 목적이어야 하고, 보람된 것이어야 한다.

대학 강좌에서 내 수업을 수강한 학생 과제물(가치관이나 인생관에 대한 과제물)에 의미 깊은 내용이 있어 내용 일부를 소개하기로 한다. 이 학생은 마산에서 서울로 유학온 학생이다.

"내가 생각한 결론은 '전문가(professional)가 되자.'는 것이다. 이 말은 나의 좌우명으로, 직업적으로 전문가가 되자는 말이 아니라 무엇을 하거나 어떤 상황에 처했을 때 그 것에 집중하자는 뜻이다.

마산에서 지낼 때는 그곳의 친구들과 가족들에게 집중하고, 서울에서는 새로운 사람도 많이 사귀고 서울에서의 삶에 집중하자는 생각을 했다. 한 곳에 집중한다고 다른 한 곳을 소홀히 하는 것이 아니라 지금 내가 처한 현 상황과 공간에서 집중하자는 의미이다.

내가 이 말을 생각하고 마음에 새기면서 마음의 평안도 찾고 행동도 달라졌다. 공부할 때는 휴대폰을 만지작거리거나 주의를 산만하게 하지 않고 공부에 집중하고, 친구들과 놀 때나 운동할 때는 공부는 모두 잊고 내가 지금 하는 것에 집중하게 되었다.

이 좌우명을 마음에 새기고 지내니까 생활도 활기차고 나 자신에 대한 만족감도 높아졌다."

행복을 너무 멀리서 찾지 말자. 내일이란 없는 것이다. 오늘 핀 꽃잎은 오늘 아름다운 것이지, 내일은 벌써 지고 사라져 버린다. 매일매일, 이 순간순간이 소중한 것이요, 그 처한 현재의 오늘, 이 자리가 인생 최고의 시점이다.

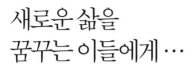

새로운 삶을
꿈꾸는 이들에게…

나무의 삶이란 결코 순탄한 것만은 아니라고 한다.

고목으로 자라는 데는 주위의 작은 나무들이 큰 나무 때문에 성장하지 못하고 사라진다. 나무는 한 곳에 머물러 있다 보니, 가지가 찢기고, 여름날의 폭풍과 비바람을 견뎌야 하며, 추운 겨울의 한파를 이겨내야 하고, 숱한 짐승들과 벌레들의 공격도 견뎌야 고목으로 성장할 수 있다. 상처가 풍성할수록 고목으로 우뚝 존재할 수 있고, 뭇 생명들의 안식처가 되는 것이다.

숲 속에서 더 이상 자리 보존하지 못하고 가옥의 목재로 활용되는 경우에도 나무는 사람들의 쉼터요, 안식처를 제공해 준다.

동서양을 막론하고 옛날부터 사람들이 고목을 예찬하고, 영혼이나 신이 있다고 하면서 고목을 숭배하는 이유는 바로 무심함 속에서 수많은 고난을 받아들이고 견뎌낸 인욕의 처절함이 있기 때문이다.

출가자의 길도 나무의 삶처럼 결코 순탄하지 않다. 한 나무가 성목成木이 되는 과정에서 주위의 작은 나무나 풀이 자라지 못하고 사라지는 것처럼, 그대가 출가를 선택함으로써 조부모님, 부모님, 형제들에게 가슴 시린 아픔을 주었을 것이다.

그들의 걱정과 안타까움을 발판으로 그대가 지금 출가자의 길에 들어서 있음을 잊어서는 안 된다.

훗날 큰 스승이 되어 그들에게 현재의 아픔을 행복으로 되돌려 주기 바란다.

추위와 더위, 폭풍과 비바람의 매서움, 새들의 둥지 역할, 벌레들의 쪼임 등 숱한 고난을 이겨낸 고목처럼 출가자도 인욕이 선행되어야 승려로서 거듭날 수 있다. 그

인욕이란 자신의 내부에서 일어난 고뇌는 물론이요, 현실에서 발생하는 문제들과도 직면해 지혜롭게 헤쳐 나감을 의미한다.

그대가 부귀영화를 누리고자 출가한 것이 아니라는 것을 안다.

살다 보면 망망대해에 서 있는 것처럼 길을 잃을 때도 있을 테고, 더 이상 나아갈 수 없는 절벽에 서 있는 막막함이나 불투명한 공허함도 찾아올 것이다.

바로 이런 때 고목이 담담하게 모든 것을 수용하듯이 안으로 마음을

관조觀照해 추스르기 바란다.

중생에게 생명이 있다는 것은 고苦가 있기 마련이요, 삶 자체가 고의 연속이다. 출가자의 길 또한 당연히 고가 놓여 있으며, 이 고를 헤치고 극복해 선열禪悅로 만드는 것이 출가자의 본분이다.

덴마크 철학자 키르케고르의 명언 중에 "나를 위한 진리를 찾아내고, 내가 생사를 걸고 싶은 이념을 발견해 내는 것은 중요하다."라는 말이 있다. 사람으로 태어나 세속의 삶을 버리고 생사해탈을 위해 출가한 일만큼 이 세상에 멋진 인생살이는 없을 것이다.

부처님도 6년 고행을 하셨고, 역대의 수많은 조사들과 선지식 역시 뼈를 깎는 고행이 있었기에 열반의 경지에 든 것이다.

근현대 중국 불교의 선지식인 허운 스님(1840~1959)은 승려로서 100여 년을 사셨지만 평생을 행자의 삶처럼 수행하셨던 분이다. 또 티벳의 밀라레빠(1052~1135)는 출가해서 오롯이 고행으로 일관하셨던 분이다.

앞으로 그대가 구족계를 받기 전까지, 아니 승려의 길에 있어 허운 스님이나 밀라레빠의 구도심을 잠시도 잊어서는 안 된다.

그대가 어디에 처해 있든, 어느 곳에서 수행하더라도 부처님과 역대 조사들이 그대의 길에 등불이 되어주실 것이다. 더불어 앞으로 어느 곳에서 무엇을 하든 간에 그대를 신뢰하고 믿어주는 지지자가 있음을 기억하기 바란다.

모든 이들이 그대를 비난하고 힐난할지라도 100% 그대 편에 서 있는 스승이 있음을 잊지 말기 바란다.

승려들의 삶은 수행이 기본이지만 살아가는 방법에는 여러 길이 있다. 어느 길을 선택해 가든 간에 내 마음의 문은 언제나 그대를 향해 열려 있을 것이다.

신경숙 소설 속에 이런 말이 있다. "이름의 주인이 어떻게 사느냐에 그 이름의 느낌이 생기는 게다.

사람들이 네 이름을 부를 때면 은혜로운 마음이 일어나도록 아름답게 살라." 훗날 사람들이 그대 이름을 부를 때, 환희심이 묻어나는 큰스님이 되어야 한다.

고목이 의도한 삶이건 아니했든 간에 뭇 생명들의 안식처가 되듯이 뭇 중생들의 쉼터 역할을 하는 인천人天의 스승이 되길 바란다.

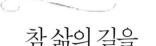

참 삶의 길을
갈망했던 군주들

"사람은 한 번 산다.

삶은 단 한 번뿐이므로 반복할 수 없다.

그래서 더욱 특별하다."

안젤름 그륀(베네딕트 수도회 수도사, 1945~) 신부님의 《노년의 기술》 서
두 부분이다. 단 한 번뿐인 인생이기에 우리에게 각별한 것이요, 한 번
뿐인 인생이기에 인간으로서 참 삶의 길을 걸어야 한다.

그러면 어떻게 살아야 할 것인가?《금강경》의 서두 부분에 있는 응
운하주應云何住가 바로 어떻게 살아야 하는가에 대한 말이다.

이 물음은 모든 사람들의 과제이기도 하다.

그렇다면 불교인으로서는 어떠한 삶이어야 하는가? 고대 동아시아 군주들의 삶을 엿보기로 하자.

세상에 태어나기 이전, 어떤 것이 내 몸이었으며
세상에 태어난 뒤, '나'라고 하는 존재는 무엇인가?
세상 살아가면서 잠깐 동안 '나'라고 칭하지만,
이 세상을 하직한 다음에 '나'라는 존재는 누구인가?

자손들은 제 스스로 자기 살 복을 가지고 타고난 것이니
자손을 위해 말과 소 노릇 그만하소.
수천 년 역사 위에 많고 적은 영웅들아!
고작 푸른 산 저문 날에 한 줌 흙으로 남아있구나

나날이 한가로움 내 스스로 알 것 같구나
이 풍진 세상 속에 온갖 고통 여윌세라
입으로 맛들임은 시원한 선열미禪悅味요,
몸 위에 입는 것은 누더기 한 벌(가사)이 원이로다

오호五湖와 사해四海에서 자유로운 손님이 되어
부처님 도량 안에 마음대로 노닐고 싶다

세속을 떠나는 일 하기 쉽다고 말하지 마시오

과거 전생 숙세宿世에 쌓아 놓은 선근善根 없이는 안 되는 것이네

황위에 오른 이래 18년 동안 자유라곤 없었도다

강산을 뺏으려고 몇 번이나 싸웠던가!

내 이제 손을 털고 산속으로 돌아가니

만 가지 근심 걱정 나와 상관없는 일이로다

위의 내용은 〈순치황제 출가시〉 가운데 일부분만 추린 것이다.

청나라 3대 황제인 순치제는 군사를 이끌고 명나라를 격파하여 수도를 베이징으로 옮기는 등 청나라의 기틀을 다진 황제이다.

출가시의 주인공 순치제는 18년 동안(1644~1662 재위) 단 하루도 쉴 새 없이 정복 전쟁을 벌여 중국 영토를 크게 넓혔다. 이후 순치제는 심한 갈등과 번민에 빠졌다. 수많은 생명을 죽이고, 청나라를 부강하게 만들었지만 자신이라는 존재에 대한 갈망과 고픔이 간절했던 것이다.

그는 선禪에 관심을 갖고 명각明覺 선사에게 법을 구했으며 고승들을 초청해 공부하다가 어느 해 18년간 재위한 황위를 버리고 출가하였다.

또한 순치제의 손자인 옹정제(1722~1735 재위)는 라마교를 신봉했으며 궁전에서 티벳 승려들과 불법을 논하고, 스스로 원명圓明 거사라 칭했다. 옹정제가《옥림국사어록》을 보다가 감명을 받아 그의 5세손인 천혜 선사(?~1745)를 왕궁에 들게 해 가르침을 받고 그에게 가사를 하

사한 뒤 고민사(강소성 양주, 江蘇省 揚州)를 부흥케 하였는데, 이 사찰은 현재 400~500명 수행자가 머무는 유명한 선방이다. 또한 옹정제는 직접 역대 선사들의 말씀을 담은 《어선어록御選語錄》을 편찬하기도 했고, 운서주굉(1535~1615) 선사의 가르침을 받아들여 선과 정토의 일치를 강조하였다.

인도 마우리아왕조 제3대 왕인 아쇼까(Aśoka)왕은 인도 역사상 최고의 성군으로 꼽힌다. 그는 부왕과 99명의 형제를 죽이고 왕위에 올랐고, 수많은 전쟁을 치른 잔인한 왕이었다.

어느 해 아쇼까왕은 인도 북부 지역인 칼링가를 정복할 때, 그곳 원주민을 거의 몰살하다시피 했다.

그때 그들이 끝까지 저항하면서 피를 흘리고 죽어가는 모습을 보며 아쇼까왕은 '수많은 사람을 죽여 가면서까지 이 땅을 정복한들 무슨 의미가 있을 것인가'라는 회의감이 들었다. 아쇼까는 고국으로 돌아와 불교에 귀의하였다.

이후 왕은 부처님 사리탑에 성지 순례를 하고, 8곳에 모셔진 사리탑을 헐어 인도 각지에 8만 4천 사리탑을 세웠다.

그가 치세하는 도중 승단이 분열되는 것을 막기 위해 제3결집을 하도록 승단에 도움을 주었다. 또한 아쇼까왕은 불법의 가르침을 철저히 따르도록 하기 위해 관리를 동원하여 선전하고, 해외 각지에 포교사를 파견하였다.

특히 왕자인 마힌다(Mahinda)와 딸 상가미따(Saṅghamittā)를 출가시켜 스리랑카에 보냈는데, 이는 오늘날 남방 불교의 단초가 되기도 한다. 아쇼까왕의 업적을 빼놓고 불교사를 논할 수 없을 정도로 그가 미친 영향이 지대하다.

중국의 불교문화를 살펴보면 찬란한 역사를 간직한 사찰과 석굴들이 많다. 세계문화유산급 석굴과 사찰들은 역대 황제들의 적극적인 지원이 있어 건립이 가능했고, 경전 역경 역시 황제들의 지원 덕분에 수많은 경전이 한역漢譯될 수 있었다. 중국의 대표적인 역경승으로는 구마라집(344~413)과 현장(601~664)이다.

귀자국 사람이던 구마라집은 전진前秦의 제3대 왕인 부견符堅(재위 357~385, 티벳족)이 신하 여광을 시켜 전쟁까지 불사하며 서안에 모셔온 분이다(라집이 중국에 들어왔을 때, 전진이 멸망해 북방 지역인 량주涼州에서 15년간 머물다가 서안으로 들어옴).

현장玄奘(602~664)은 17년간 실크로드 및 인도 구법을 마치고 당나라에 돌아왔는데, 당시 당나라 태종(재위 626~649)은 그를 맞이하기 위해 고구려 원정까지 미루었고, 현장이 역경을 할 수 있도록 물심양면으로 도왔다. 현장이 《유가론》을 역출譯出했을 때 황제는 《논》을 들고 입이 마르도록 찬탄했다고 한다.

마지막으로 불법 옹호자로 중국의 괄목할 만한 황제는 양무제(재위 502~549)이다. 양무제는 사찰 불사에 적극적이었고, 승려들에게 공양을

올린 불법 천자이다. 현재 강소성 남경에 계명사雞鳴寺라는 절이 있는데, 양무제는 이곳에 네 차례나 가서 승려가 되려고 하였다. 그때마다 신하들의 간곡한 만류로 어쩔 수 없이 궁궐로 돌아왔다고 한다.

이 글에는 황제들의 불법 옹호 정신도 담겨 있지만, 단순히 이런 점을 언급코자 쓴 것은 아니다. 이 황제들은 현대인들이 갈망하는 것들을 모두 가지고 있다. 즉 권력과 부와 명예 등 갖추지 않은 것이 없었다. 이렇게 인간이 누릴 수 있는 행복의 물질적 요소를 다 갖추었지만, 그들이 결코 쾌락을 지향하지 않았다는 점이다.

인간은 욕망을 채운다고 해서 만족하지 않는다. 더 강한 욕망을 계속 원하기 마련인데, 순치제를 비롯한 몇몇 황제들은 욕망의 채움이 아닌 욕망을 비우는 법을 알고 있었으니 황제 이전에 인간으로서 참 삶의 길을 지향했던 사람들이라고 할 수 있다. '어떻게 살아야 하는가'를 보여준 본보기라고 생각된다.

Chapter 3

불교의
참 진리

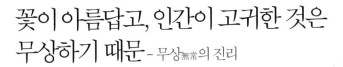

꽃이 아름답고, 인간이 고귀한 것은
무상하기 때문 – 무상無常의 진리

동네 야산에 오를 때마다 느끼는 거지만, 하루가 다르게 낙엽이 지고 있다. 몇 년간의 가을은 내게 있어 퇴색된 회색처럼, 무언지 모를 버거움이 있었다. 아마도 삶을 알아가는 전환점에서 인생의 성장통을 겪었던 것이리라.

그런데 이번 가을은 느낌이 다르다. 버리고자 해서 버려지는 것이 아니고, 내친다고 해서 내쳐지는 것이 아닌 '수용'이라는 단어로 이 가을을 보내고 있다.

아직 노안이 올 때가 아닌데도 보는 것이 불편하고, 학생들과의 의사소통에도 감각이 따르지 못한다. 건강은 예전에 비해 좋아졌는데도 치아 때문에 고생하고, 무릎이 아파 힘들어하는 등 육신의 쇠퇴를 실감한다. 어떤 일에 있어서도 '그럴 수 있겠지'라고 하며 현실과 적당히 타협한다. 인생을 성숙하게 살고, 삶의 의미를 아는 늙음이 무상無常이요, 어설프게 세월만 좀먹는 늙음은 쇠퇴이다. 솔직히 나는 모든 면에 있어 무상이 아니라, 쇠퇴하고 있음을 고백한다.

명나라 4대 선사 가운데 한 분인 운서주굉(1532~1612)의《죽창수필》에 '무상의 소식'이라는 제목의 내용이 있다.

어떤 노인이 죽은 후 염라대왕을 만나 항의했다.

"저승에 데려올 거면 진작 좀 미리 알려 주어야 하지 않소!"

"내가 자주 알려 주었노라. 너의 눈이 점점 침침해진 것이 첫 소식이었고, 귀가 점점 어두워진 것이 두 번째 소식이었으며, 이가 하나씩 빠진 것이 세 번째 소식이었노라. 그리고 너의 몸이 날로 쇠약해지는 것을 계기로 몇 번이나 소식을 전해 주었노라"

이 이야기가 노인을 위한 것이라면, 젊은이를 위한 것도 있다.

한 소년이 죽어 염라대왕에게 따졌다.

"저는 눈귀가 밝고, 이도 튼튼하며, 육신이 건강합니다. 그런데 어찌하여 대왕께서는 저에게 소식을 미리 전해주지 않으셨습니까?"

"그대에게도 소식을 전해 주었는데 그대가 미처 깨닫지 못했을 뿐이로다. 동쪽 마을에 40세 된 사람이 죽지 않았는가. 서쪽 마을에 20~30세 된 사람이 죽지 않았는가. 또한 10세 미만 아이와 2~3세 젖먹이가 죽는 것을 보지 않았는가. 어찌 소식을 전하지 않았다고 불평하는가?"

과학자들의 견해에 따르면 인간의 육체는 끊임없이 변한다고 한다. 매 순간 호르몬이 생성되고, 동시에 다른 호르몬이 소멸되며, 몸의 온도를 조절하고, 세포들은 끊임없이 사라지며, 새로운 세포를 만들어 낸다. 세포를 구성하는 작은 분자도 끊임없이 움직인다고 한다. 또 무정물인 책상이나 탁자, 의자 등 사물이 고정되어 있는 것처럼 보이지만, 그 물체 내부에서는 끊임없이 미립자가 움직인다는 것이다.

이렇게 현상적인 모든 것이 잠시도 멈추지 않고, 끊임없이 움직이는 것을 무상이라고 한다. 생명이 있는 것은 여러 인연에 의해 모여진 것이므로 시시각각 생멸生滅의 변천을 겪는 것이 당연하다.

중생은 태어나서 이 세상에 머물다 죽어가는 생노병사生老病死라면, 물건은 만들어져 이 세상에 존재하다가 쓸모없게 되면 사라지는 성주괴공成住壞空의 존재이다. 모든 것은 과거에서 현재로 다시 미래로 끊임없이 흘러서 움직이고 있다.

위빠사나(Vipassana) 수행은 인간의 몸과 마음의 움직임 하나하나 관찰을 통해 그 현상들의 본래적인 특징인 무상無常, 무아無我, 고苦를 깨달아가는 것이다. 세 가지를 3법인三法印이라고 하는데, 이는 초기 불교 수

---

1 3법인(三法印)이란 제행무상(諸行無常), 제법무아(諸法無我), 일체개고(一切皆苦)이다. '법인'이란 말은 법의 도장이요, 징표로서 진리임이 틀림없음을 증명한다는 뜻이다.

행을 떠나 불교의 기본 토대요, 근본 원리이다.[1]

3법인 가운데 첫 번째인 무상을 '모든 만물은 고정불변한 것이 없다.'고 한다면 경직된 느낌이고, 어려운 철학으로 느껴진다. 그러니 무상을 단순히 변화(Change)와 흐름(Stream)으로 받아들여 보자.

꽃은 한 순간 존재했다 사라지니 아름다운 것이요, 인생도 젊음이 있기 때문에 노년의 고귀함이 있는 것이다.

또한 차관에 차를 넣고 뜨거운 물을 부었는데, 차가 우러나지 않는다면 세상을 무슨 낙으로 살겠는가? 차가 우러나는 시간, 곧 흐름이 있기에 차 맛을 볼 수 있는 것이다. 이렇듯 모든 것은 변화와 흐름이 있는, 곧 무상인 것이다.

두 살 된 아기를 몇 달 만에 보면 사람들은 "애기가 많이 컸네."라고 하며 대견스러워한다.

그런데 70대 노인을 1년 만에 보면서, "오랜만에 보니, 많이 늙었군요. 매우 대견스럽습니다."라고 한다면 실례되는 일이다. 아기가 성장하는 것이나 노인이 늙는 것은 똑같은 흐름의 연속이요, 당연한 무상이건만 왜 후자만 문제 삼아야 하는가?

그냥 모든 것을 흐름에 맡겨두는 것이다. 거부할 필요도 없고, 부정할 필요도 없다.

이 무상하게 흘러가는 몸뚱이를 어찌 믿을 것인가. 꽃잎이 떨어지는 것, 내가 좋아하는 물건이 점점 파괴되는 것도 흐름의 연속이다. 가을에서 겨울로 접어드는 것도 흐름이요, 사랑하는 사람의 마음이 변해 나를 배신하는 것도 바로 흐름의 연속이다. 무엇을 서글퍼 하랴.

흐름이 마지막 머무는 죽음 앞에 노소老少가 어디 있겠는가. 다음 생에도 사람 몸 받으리라고 어찌 기약할 것인가. 그러니 사람 몸 받았을 때, 마음 닦는 일을 통해 무상의 여실한 모습을 새겨두자. 미리 귀띔해주지 않았다고 염라대왕에게 투정부리지 말라.

사랑하는 사람은 소유 대상이 아니며, 몸뚱이는 허깨비 같은 것 - 무아無我의 진리

얼마 전에 명문대 출신 의사가 강남의 부잣집 딸과 결혼했으나 20년 만에 결국 이혼했다는 내용이 보도되었다.

이혼 사유는 저급하다 못해 치사하기까지 하다. 부인은 남편에게 "가난뱅이 주제에 돈 보고 나와 결혼해 호화생활을 누리면서 부정한 행동을 한다."라고 비난했고, 남편은 부인에게 "두뇌에 든 건 하나도 없으면서 돈만 가지고 자랑한다. 피타고라스 수학 공식 하나 제대로 알고 있냐?"라며 매일 싸움을 했다는 것이다. 참으로 세상은 요지경인 것만은 확실이다.

이 두 사람의 이혼 발단은 어디서부터인가? 첫째는 상대의 인격은 보지 않고 겉모양에만 관심을 둔 탓이요, 둘째는 자신이 가진 것만 내세우는 자아에 대한 애착, 아만我慢·아상我相(ego)·아견我見이라고 볼 수 있다. 이 부부의 아만통으로 자녀들은 물론이요, 주위 사람들까지 피해를 입었으니, 비극이 당사자만으로 끝나는 것이 아니라 모두의 상처로 남는다.

대인 관계에서 생기는 문제들의 발단은 바로 이 아상 때문이 아닌가 싶다. 인간은 자기 과시 욕구의 생존욕을 중심으로 세계를 만들어가고 자아의식을 구축한다. 그 구축한 세계에서 이기심은 한층 커져가고, 이 세계관에서 벗어나기란 쉬운 일이 아니다.

'나'라는 존재의식, 그 '나'는 무엇이기에 그토록 추켜세우는 걸까?

자신과 뜻이 맞지 않으면 상대를 그르다고 평가하고, 상대에게 아만이 세다고 비난한다. 하지만 아상은 자신도 가지고 있는 중생들의 근본 욕구이다.

그러면 이 아상을 덜어낼 수 있는 방법은 없을까? 부처님께서는 지나치게 자기 집착이 강한 사람에게 아만심을 극복하기 위한 수행법으로 무아無我를 제시하셨다.

불교의 어떤 의식이나 행사에서 반드시《반야심경》을 독송한다.《반야심경》첫머리에 "조견오온개공照見五蘊皆空 도일체고액度一切苦厄"이란 구절이 있다.

"관음보살이 깊은 반야바라밀다를 행할 때, 다섯 가지 쌓임[5온]이 공이라는 것을 관조해 깨닫고 모든 고통과 고뇌에서 벗어났다."는 뜻이다.

우리가 수십 번 수백 번 독송했을 이 문구를 현실적으로 얼마만큼 실천하고 있는지를 생각해보자.

'나'라는 존재는 5온, 즉 육체[色]와 정신 작용[受想行識]으로 결합되어 있다. 그런데 이 육체+정신 작용으로 이루어진 '나'는 영원불멸한 존재도 아니고, 끊임없이 변화하고 있는 존재이다.

글을 쓰고 있는 이 잠깐 동안에도 내 몸에서는 몇 개의 세포가 사라졌을 터이고, 호르몬이 새로운 호르몬으로 바뀌었을 것이다. 어제는 오늘 외출하고자 했던 계획과 생각을 바꿔 글을 쓰고 있다. 아니 방금 전에 독서하고자 했던 계획을 글 쓰는 일로 바꾸었다. 이렇게 마음조차 잠시도 여일하지 못하고 순간순간 변하고 있고, 육신 또한 끊임없이 죽음으로 향해 가고 있다.

바로 무상하기 때문이다. 무아는 무상을 바탕으로 하며, 무상과 무아는 불교 사상의 알파요, 오메가다.

이렇게 몸뚱이[色]도 무상하게 흐르고 있고, 수(느낌) · 상(개념) · 행(상카라) · 식(인식) 정신작용 각각도 정의할만한 실체가 없다.

그래서 육체만을 가지고 '나'라고 할 수 없고, 수 · 상 · 행 · 식 각각에도 '나'라고 할 만한 것이 없다. 곧 다섯 가지가 임시로 합쳐진 것이라고 하여 5온무아五蘊無我 · 5온개공五蘊皆空이라고 한다. 《사십이장경》에서도 부처님께서 이렇게 말씀하셨다.

"중생의 육신은 지地 · 수水 · 화火 · 풍風 4대로 구성되어 있음이요,

지 · 수 · 화 · 풍이라는 낱낱 이름만이 존재할 뿐이다.

4대 어디에도 '나'라고 할 만한 실체가 없다.

'나'는 어디에도 없나니 이는 마치 허깨비와 같다."

이렇게 '나'라는 존재를 해체하고 분해해서 볼 때, '나'라고 인정할 만한 조건은 곧 5온의 한 작용에 불과하고, 4대로 뭉쳐진 것에 불과하다. 그러니 '나'라는 존재를 어떤 형태라고 설명할 수 있겠는가? 어느 순간을 잡아서 '나'라고 정의할 것인가? 주재성이 없는 존재이건만 어디에 자존심을 세우고 아상을 내세우겠는가?

'나' 한 개인도 내세울 것이 없건만 자녀를 '내 것'이라고 착각하니 자녀와의 마찰이 발생하고, 사랑하는 사람이라고 하여 그 상대방을 소유 대상으로 여기다 보니 윤회의 원인을 만들어낸다. 내가 소유하는 물건도 살아생전 잠시 빌려 쓰고 가는 것인데 '내 것'이라고 집착하다 보니, 삼계의 늪에서 허우적거리고 있는 것이다.

이와 같이 '나'라는 개체성이 없건만 무엇을 내세워 사람들과 다퉈야겠는가.《금강경》에서는 '일체법이 무아임을 알고 지혜를 얻는다면, 이 수행자가 얻는 공덕이 무궁무진하다.'고 하였다.

역대 조사들도 한결같이 "이 아상만 제거되면 모든 번뇌가 동시에 사라진다."고 말씀하셨다. 또한 부파불교 선정에 계분별관界分別觀이라는 수행법이 있는데, 아상이나 아견이 많은 수행자는 '자신을 18계(6근

+6경+6식)로 분별하여 실제로 '나'라고 할 만한 것이 없다는 것'을 관찰해 아상이나 아견을 없애라는 수행법이다.

'무아를 체험하고, 이 진리를 실천하면 지혜를 얻는 지름길'인 것은 분명하다. 실천이 중요하다.

청정한 행을 통해 진정한 인격으로 거듭날 수 있음이요, 깨달음으로 나아가는 초석이다. 《법구경》에서는 청정행을 이렇게 정의하고 있다.

"모든 사물은 '나'라고 할 만한 개체가 없다(諸法無我)라는
지혜를 가지고 분명히 관할 때, 이 사람은 고통으로부터 멀어진다.
이것이야말로 사람이 청정해지는 지름길이다."

고통과 맞짱을 떠라

— 고苦의 진리

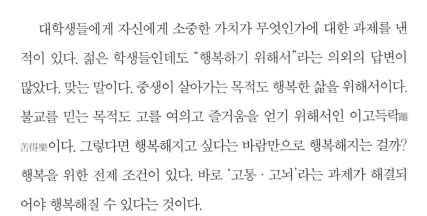

대학생들에게 자신에게 소중한 가치가 무엇인가에 대한 과제를 낸 적이 있다. 젊은 학생들인데도 "행복하기 위해서"라는 의외의 답변이 많았다. 맞는 말이다. 중생이 살아가는 목적도 행복한 삶을 위해서이다. 불교를 믿는 목적도 고를 여의고 즐거움을 얻기 위해서인 이고득락離苦得樂이다. 그렇다면 행복해지고 싶다는 바람만으로 행복해지는 걸까? 행복을 위한 전제 조건이 있다. 바로 '고통·고뇌'라는 과제가 해결되어야 행복해질 수 있다는 것이다.

불교에서는 중생의 고통 중에 생·노·병·사를 4고라고 하였고 4고에는 애별리고愛別離苦, 원증회고怨憎會苦, 구불득고求不得苦, 오음성고五

陰盛苦가 더해진 것을 8고라고 한다. 고의 형태에는 3고[2]가 있다. 고고와 행고, 그리고 괴고이다.

중생의 고통이 한 자리 숫자에 불과할까? 인간에게는 8만 4천 가지 번뇌와 고통이 있다. 아니 그보다 더 많은 고통이 있을지도 모른다.

근래 출가자에 비하면, 나는 출가 생활을 일찍 시작했다. 20대는 물론 30대 중반까지도 정신적으로 힘들어했다. 그 정신적 힘듦이란 바로 내 자신이 끊임없이 고를 발생시켰다는 뜻인데, 고뇌의 원인을 알지 못했고, 고뇌라는 근원적인 자각이 없었다.

모든 고뇌가 자신에게서 시작된다는 근원점을 알지 못하니, 힘겨움의 탓을 외부로 돌리고, 남을 탓하게 되고, 내 뜻대로 되지 않는 문제는 나 자신까지 속이며 자신을 합리화했다.

우리가 수많은 고통을 안고 살지만(고성제), 그 고통이 발생하는 원리가 집착임을 알아야 하고(집성제), 그 고통을 해결하기 위해 정진하며(도성제), 그렇게 노력한 덕분에 고통이 해결된다(멸성제). 병의 발생부터 완치까지 4성제四聖諦로 비유해보면, 병이 나서 현재 고통받고 있는데(고성제), 병이 왜 발생했는지 원인을 알았다(집성제). 병이 낫고 건강을 완전히 회복하였는데(멸성제), 그 이유는 병의 원인을 파악해 약을 복용하고, 치료했기 때문이다(도성제).

---

2 고고(苦苦, 육체적인 아픔이나 정신적인 괴로움), 행고(行苦, 시간의 흐름에 따라 변화됨으로써 받는 괴로움), 괴고(壞苦, 애착하는 대상이 파괴되어 없어짐으로써 받는 괴로움)이다.

부처님께서 깨달으신 내용이 연기설이요, 부처님께서 연기의 도리를 고찰하고 제자들에게 깨달은 내용을 실행하기 위한 방법으로 제시한 것이 4성제이다.

12연기에 고가 생겨난 원인과 고의 소멸 원리가 담겨 있다면, 4성제는 어떻게 고를 소멸할 것인지에 대한 실천 방법론이다.

이 4성제에 부처님의 사상이 응축되어 있으며, 수행 방법만이 아닌 인간의 고통을 치료해주는 만병통치약이다.

4성제 가운데 첫 번째인 고통에 생로병사는 어쩔 수 없는 당위성의 고이다. 받아들일 수밖에 없고, 누구에게나 있는 고통이다. 이외 모든 고통의 원인은, 인간과 만물이 무상한데 영원하기를 바라고, 내 마음대로 세상이 움직여주기를 바라지만 내 뜻대로 되는 것은 하나도 없으니 고통스러울 수밖에 없다. 즉 만족하지 못하는 데서 발생하는 끊임없는 불만족이 고통을 불러일으킨다는 것이다.[3] 더 나아가 고통이라는 것조차 자각하지 못하기 때문에 고통이 점점 커진다.

나이가 들면 내려놓고 버려야 할 부분들이 많이 있다. 내려놓지 않고 더 움켜쥐려고 하니 상대적으로 많은 고통을 초래한다.

그 고통을 초래하는 사람이 바로 자신이라는 사실을 알지 못하고 외부로만 돌리고 남을 탓한다.

---

3 이 말의 뜻을 교학적으로 설명하면, 고통스럽다는 의미보다는 무상(無常)과 무아(無我)라고 하는 현실에 만족스럽게 여기지 않고 불편하다는 것으로 받아들이면 이해하기 쉽다.

그러니 고통의 악순환이 반복될 수밖에 없다.

사찰의 소임도 마찬가지이다. 나이가 들면 젊은 스님들에게 그 역량을 펼칠 수 있도록 해야 한다. 그런데 어른들이 그렇게 하지 못하는 것은 자칫 소임을 내려놓으면 자신이 뒷방으로 내쳐질 수 있다는, 일종의 소외감에 대한 두려움 때문이다. 또 오랫동안 참선이나 염불, 독송 등 홀로 수행해나가는 그 '홀로'에 길들여있지 않다 보니 소임을 놓으면 할 일이 없다는 점이다. 승려로서 부끄러운 일이지만 사실은 사실이다. 얼마나 안타까운 현실인가. 아마 재가자들의 살림살이는 더하면 더했지 덜하지는 않을 것이다.

이 글 서두에서 고통이라는 문제를 해결해야 행복할 수 있다고 하였는데, 어떻게 행복을 만들어가야 할 것인가. 앞에서 언급한 내용이지만 다음과 같이 정리하면 이러하다.

첫째, 인간은 타고나면서부터 고독한 존재이다. 생명 있는 존재, 특히 인간에게는 '고통이 당연히 있다.'는 사실을 받아들여야 한다. 뜨거운 쇳덩이인줄 알고 잡는다면 순간적으로 놓겠지만,

뜨거운 줄 모르고 쇳덩이를 잡는다면 화상을 입을 것이다.

이와 마찬가지다. 고통이라는 것이 인생에 부수적으로 따라다니는 것임을 받아들이는 일이다.

둘째, 인간은 생각으로 고통을 만들어낸다. 즉 사람이 고통이 없으면, 어떤 무엇인가라도 고통을 창조해낸다는 의미이다. 그리고 그 고통

을 점점 눈덩이처럼 키운 다음 괴로워한다. 실체가 없는 허깨비를 실제로 만들어놓는다.

옛날에 효자들은 어머니에게 자식 걱정하지 말라며 방안에 굴곡진 나무 기둥을 세워놓았다고 한다. 노모가 나무를 바라보며 '왜 저 나무가 저렇게 굴곡졌을까?'로 자식 걱정하는 것을 대치하기 위한 지혜에서 나온 것 같다. 즉 인간은 현재 고통스런 일이 없으면 스스로 만들어내면서까지 고뇌한다는 뜻이다.

이 사실을 분명히 알고 고통이 생겼을 때, 고통이 일어난 근원으로 거슬러 올라가 보라. 아마 그 자리는 텅 비어 있을 것이다.

셋째, 실제 고통스런 일이 일어났을 때, 그 고통이 일어난 근원자리를 알아차림(sati)한다. 즉 고통이든 고뇌든 있는 그대로 자각해보라는 뜻이다. 이것이 고를 해결하는 가장 중요한 요소이다.

3법인 가운데 고苦는 명상을 통해 무상無常과 무아無我보다 더 현저하게 느낄 수 있으며, 극명하게 관찰할 수 있다.

고통스런 일의 발생은 내가 살아있다는 존재감을 보여줄 수 있는 기회이기도 하다. 고통과 맞서서 당당히 맞짱 뜨는 각오로 고통의 실체를 직시해보라. 고를 철저히 아는 것은 자아 완성으로 향하는 첫걸음이다.

Chapter 4

명상의
발전토대가 된
불교의 진리

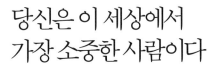

당신은 이 세상에서
가장 소중한 사람이다

몇 년 전 미얀마에서 평생 잊을 수 없는 일몰을 본 적이 있다. 미얀마(Myanmar) 바간(Bagan)에 가면 수많은 탑이 있는데, 오롯이 일몰을 볼 수 있는 탑이 있다(미얀마는 탑 꼭대기까지 올라갈 수 있는 탑이 있는가 하면, 오르지 못하는 탑이 있다. 반면 탑 내부에 부처님을 모신 당우도 있다).

해가 지기 시작하면서부터 온 세계를 물들이고 사라지는 해를 보았던 경험은 몇 년이 지난 지금도 잊을 수 없는 감동으로 남아 있다. 아마 해넘이를 보는 사람들의 마음도 그러리라고 생각된다.

젊은 연인들은 별을 바라보며 사랑을 속삭이기도 할 것이며, 달을 보며 사람을 그리워하기도 한다. 해와 달, 별들이 온통 자신을 위해 존재하듯, 자신만의 의미를 부여한다.

아름다움을 보고 느끼고 오감으로 경험하는 그 순간은 오롯이 '나'라는 존재가 있기 때문에 가능한 것이다.

이 세상에 그 어떤 것도 그대 없이 존재하는 것은 아무 의미가 없다. 그러하다. 내가 존재하기 때문에 상대가 존재하고, 내가 존재하기 때문에 인생의 기쁨과 행복을 누릴 수 있는 것이다.

이처럼 이 세상 모든 만물은 나를 중심으로 존재하기 때문에 '나'라는 존재는 매우 소중한 법이다.

이천 오백 년 전 인도에서 아기 부처님이 탄생하자마자, 오른손으로 하늘을 가리키고 왼손으로 땅을 가리키면서 일곱 걸음을 걸으며 이런 말씀을 하셨다.

"하늘 위나 하늘 아래, 오직 나만이 홀로 존귀하다."
天上天下 唯我獨尊

부처님이 탄생하는 날 말씀하셨다면, 상징적인 의미겠지만 이는 불교의 사상을 단적으로 보여주고 있는 말이라고 할 수 있다. 그렇다면 자신의 존재감만 소중하다는 뜻인가?

아기를 잡아먹는 포악한 야차녀(夜叉女 : 귀신의 일종)가 있었다. 그녀는 동네에서 가장 어린 아기들을 잡아먹고 있었다. 야차녀에게 아들을 잃은 여인들은 비통해하며 부처님께 와서 하소연을 하였다.

부처님은 야차녀의 버릇을 고쳐주고자, 그녀의 자식 가운데 한 명을 몰래 데려다 숨겼다. 야차녀가 집으로 돌아와 보니, 아기가 하나 없었다.

그녀는 정신이 반쯤 나간 상태로 아기를 찾아다녔다. 야차녀가 아기를 찾는 와중에 부처님이 계신 곳까지 오게 되었다. 그녀는 부처님께 자신의 아기를 하나 잃어버렸는데, 제발 함께 찾아주기를 간청했다.

부처님은 야차녀에게 아기를 되돌려주며 말씀하셨다.

"너의 많고 많은 자식 중에 겨우 한 명을 잃었는데도 몹시 슬퍼하는구나. 너는 자식 하나를 잃고도 이렇게 슬퍼하는데 너에게 자식을 잡아먹힌 부모의 마음은 어떠하겠느냐? 너의 아기가 소중하듯 다른 여인들의 아기도 매우 소중한 법이다."

이후 야차녀는 부처님께 귀의하여 불법을 옹호하고, 불교를 수호하는 호법신장이 되었다. 부처님께서 말씀하신 '천상천하 유아독존' 언구는 곧 인간은 누구나 소중한 존재이므로 내가 소중하듯, 다른 사람도 소중함을 알라는 뜻이다.

한 가지 이야기를 더 소개하고자 한다. 부처님께서 사위성 기원정사에 계실 때의 일이다. 코살라국의 파사익왕은 왕비 말리 부인에게 물었다.

"그대는 이 세상에 가장 소중한 것이 무엇입니까?"

왕은 왕비에게 '제게는 대왕이 가장 소중한 존재입니다.'라는 답변을 은근히 기대했을 것이다. 그런데 왕비는 뜻밖의 대답을 하였다.

"대왕이시여! 제게는 저 이상으로 소중한 것이 이 세상에 아무 것도 없습니다."

왕은 왕비의 말에 수긍은 하면서도 조금 미심쩍은 부분이 있어 부처님께 사신을 보내어 이 이야기를 전하고 그 생각이 옳은지를 여쭈어 보라고 하였다.

부처님께서 사신의 말을 듣고, '옳은 말'이라고 전했다.

다음날 왕은 직접 기원정사로 부처님을 찾아왔다. 이때 부처님께서 다음과 같은 게송을 설하셨다.

> "마음속, 어느 곳을 찾아보아도 자신보다 더 소중한 것은 이 세상에 없다.
> 내가 이러하듯 다른 사람도 똑같은 생각을 할 것이다.
> 제 몸을 아끼고 자기를 사랑하는 사람은 절대 남을 해쳐서는 안 된다."

바로 앞에서 언급했던 '천상천하유아독존'은 독불장군처럼 자신만이 최고라는 의미가 아니라 자신이 이 세상에서 가장 소중한 존재이듯 다른 사람들도 귀한 존재임을 인식하고, 자신에게 뿌리 깊이 박혀 있는 아상我相을 없애라는 뜻이다.

심리학자 윌리엄 제임스는 인간의 욕구 중에서 가장 강렬한 것은 '인정받고 싶은 갈망(craving to be appreciated)'이라고 하였다.

그런데 문제는 우리 중생들은 자신은 타인으로부터 존중받기 원하면서 다른 사람을 존중하는 배려심은 부족하다는 점이다.

내 것만이 소중하고, 나만이 최고라는 생각을 버려야 한다. 한 발 더 나아가 내가 이 세상에서 가장 소중하고 최고라고 생각한다면 다른 사람도 소중히 생각하고 최고라고 부추겨 주라는 것이다. 오래전에 읽은 책 가운데 이런 구절이 있어 메모해 두었다. "Always make the other person feel important." 즉 언제나 상대방으로 하여금 '내 앞에 있는 당신은 내게 있어 매우 소중한 사람임을 느끼게 해주라'는 뜻이다. 글을 쓰다 보니 전체 흐름에서 조금 벗어난 듯하다. 제 자리로 돌아가자.

모든 사람은 소중한 존재이다. 그대는 이 세상에서 둘도 없는 소중한 존재로서 명상을 통해 더 아름답게 빛날 수 있다. 단 조건이 있다면 자비 사상까지는 아닐지언정 내가 소중하다면 타인도 소중한 존재임을 잊지 말아야 한다는 것이다. 〈마태복음 7장〉에 전하는 말을 인용해 보자.

"너희가 남에게서 대접을 받고자 하는 대로 너희도 남을 대접하라."

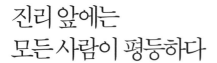

진리 앞에는
모든 사람이 평등하다

인도 경제가 크게 발전하지 못하는 가장 큰 요인 중의 하나가 오천 년 이상 지속되고 있는 카스트 제도이다. 미국에 사는 이민 3~4세대 인도인들도 이 카스트 계급을 따져 결혼한다고 한다.

카스트(Caste 四姓) 제도란 사람의 신분을 브라만, 크샤트리아(왕족), 바이샤(평민), 수드라(천민)로 나누어 놓은 것이다. 카스트에 들지 못하는 아웃카스트(Out-caste, 不可觸賤民)도 있는데 이들은 거의 사람 대접을 받지 못한다. 카스트 제도는 더 세부적으로 나누어지는데, 대략 4계급으로 나눈 것이다.

법적으로 카스트 제도를 1950년에 없앴다고 하지만, 인도라는 나라가 이 지상에서 사라지기 전까지는 카스트가 존재할 것이라고 얘기될 만큼 뿌리 깊은 관습이다.

부처님이 살던 당시에도 이 카스트 제도는 엄격해서 어느 종교 집단이든 천민은 출가할 수 없었다. 그러나 부처님은 카스트 제도를 부정하며 모든 사람이 평등하다는 점을 강조하셨다.

즉 부처님은 천민이든 평민이든 출가하는 자는 똑같이 받아들였으며, 법을 청하는 사람이 기녀이든 천민이든 왕자이든 간에 먼저 법을 구하는 사람에게 진리를 말씀해주셨다.

부처님의 10대 제자 가운데 계율 제일로 알려진 우바리 존자는 출가 전에 왕족들의 이발사(천민)였다.

우바리는 석가족 가운데서도 출가가 매우 빨랐는데, 우바리보다 늦게 출가한 왕족들이 많았다. 왕족 출신 비구들은 우바리 같은 천민을 출가 교단에 받아들이는 것조차 달갑지 않게 여겼다. 하다못해 부처님의 사상을 의심하기까지 했다.

왕족 출신 비구들은 '왜 여래가 우바리 같은 천한 신분의 사람을 출가시켜 사람들로 하여금 이 출가 교단에 대해 믿음을 저버리게 하고, 많은 사람들로 하여금 신심을 버리도록 할까?'라고도 생각했다. 승려들은 재가자들에게 공양을 받는데, 교단에 천민이 끼어있다는 사실조차 부끄러워했다고 보면 된다.

어느 날 왕족 출신 승려들은 부처님께 불평불만을 늘어놓았다.

"우바리 존자가 아무리 우리보다 먼저 출가했다고 하지만, 예전에 그는 우리들의 머리카락을 깎아주던 천민입니다. 왕족인 우리가 어떻게 서열을 지키며 그에게 선배 대접을 해야 합니까?"

부처님께서 제자들에게 말씀하셨다.

"세속에서 천민이었든 왕족이었든 간에 출가하면 법(진리) 앞에는 모든 사람이 평등하다. 당연히 우바리보다 늦게 출가한 왕족 승려일지라도 우바리에게 선배 대접을 해주어라."

또 니티라는 천민이 있는데, 그는 똥 푸는 일을 하는 카스트에서도 가장 낮은 계급이었다. 부처님께서는 니티를 제자로 받아들여 출가 승려로 만들었다. 또 수니타 비구는 출가 전 청소부(천민)였는데 출가하여 깨달음을 얻었다.

또한 초기 경전 가운데 《마등가경》에 이런 내용이 있다.

아난 존자가 먼 길을 다녀오다가 목이 말라 우물에서 물 긷는 여인에게 물을 달라고 청했다. "저는 천민인 마등가인데, 차마 존자님께 물을 드릴 수 없습니다."

이때 아난은 마등가에게 이런 말을 하였다. "냇물이 바다에 들어가면 모두 한맛이 되듯이 천민이나 왕족이나 우리 교단에서는 차별이 없습니다."

이와 같이 부처님의 만민 평등 사상을 《숫타니파타》에서는 이렇게 서술하고 있다.

"사람은 출신 성분으로 천한 사람이 되는 것이 아니다.

또한 태생에 의해 귀한 사람[바라문(Brāhman)]이 되는 것도 아니다.

행위에 의해 천한 사람이 되기도 하고,

행위에 의해 귀한 사람(바라문)이 되기도 한다."

한편 당시 인도 사회에서 여인 출가는 있을 수 없는 일이었다. 지금도 여자를 천대시하는 나라인데, 지금부터 2500여 년 전에는 어떠했겠는가! 그런데 부처님께서는 '진리 앞에 여성도 평등하고, 여인도 아라한과 경지에 오를 수 있다.'는 점을 고수해 여성 출가를 허락하셨다. 당시 인도 교단에서는 획기적인 일이었다.

부처님의 어머니이자 이모인 마하파자빠띠가 최초로 출가함으로써 비구니 교단이 성립되었고, 이후 수많은 여인들이 출가해 아라한과를 증득하였다.

초기 불교 경전에 정각을 이룬 비구니가 자주 등장하는데, 모두 비구들과 똑같은 경지인 아라한과를 얻은 경우이다. 그 단적인 예가 장로(테라)와 장로니(테리)의 깨달음을 읊은 게송집이다. 빨리 삼장 가운데 소부小部 경전에는 《테라가타(장로게)》와 《테리가타(장로니게)》가 포함되어 있다.

부처님께서는 이렇게 모든 인간이 평등하다는 전제 아래 천민이나 매우 어리석은 사람, 여인의 성불을 인정한 인권 옹호자였다.

그런데 현재 미국에서는 화이트칼라 계통 사람들이 주로 명상을 하고 있는데, 이들 가운데 인종차별주의자가 있다는 점이다. 전근대적인 파시스트라고 할 수 있다.

어느 명상 모임에서는 흑인이나 아시아권 사람들을 푸대접하고, 여성 명상 지도자들에 대한 편견이 심하다는 기사(미국 여성 명상 마스터가 쓴 것)를 보았다.

부처님은 2500여 년 전에 인권 평등을 외쳤는데, 오늘날에도 민주주의가 발달한 곳에서 이런 일이 벌어진다는 사실에 기가 막힌다. 잠시 옆길로 빠졌다. 제 자리로 돌아가 마무리를 하자.

진리 앞에서는 모든 사람이 평등하기에 재가자든 출가자든 여자든 누구나 명상을 통해 우리는 인격적인 존재로 거듭날 수 있음이요, 수행을 통해 성불할 수 있는 것이다. 한 가지만 기억하자. 불교는 이렇게 사람을 위한 종교요, 사람에 의해 형성된 종교라는 것을.

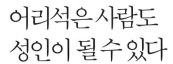

어리석은 사람도
성인이 될 수 있다

부처님께서 매우 어리석고 아둔한 제자를 지도한 경우가 있다. 비구 중에 반특(Panthaka)이라는 형제가 있었다.

형 마하반특(Maha-panthaka)은 매우 총명하고 지혜로워 출가한 뒤, 얼마 안 되어 아라한 경지에 올랐다. 그러나 동생 주리반특(Cūḍapanthaka)은 너무나 어리석고 아둔했다. 당시 출가 수행승들은 부처님의 가르침인 짧은 게송을 암기해야 했다. 형은 동생에게 게송 하나를 암기시키려고 무진 애를 썼으나 동생은 글귀 하나 제대로 외우지 못했다.

이윽고 안거安居 날이 되었다. 안거 때는 제자들이 스승으로부터 받은 가르침을 복송復誦하고, 암기가 끝나면 다시 새로운 문구에 대한 가르침을 받았다. 형은 동생이 안거 날까지 게송 하나 암기하지 못하자, 화가 나서 말했다.

"너는 너무 어리석어 부처님의 제자가 될 수 없으니, 다시 집으로 돌아가라."

주리반특은 형에게 꾸지람을 듣고, 대문 밖에서 소리 내어 엉엉 울었다.

이때 부처님께서 이 광경을 보시고 말씀하셨다.

"비구야, 걱정하지 말라. 나는 최상의 정각을 이루었다. 너는 나의 제자이고, 너의 형으로부터 도를 얻는 것이 아니다."

부처님은 시자 아난을 불러 주리반특을 특별 지도케 하셨다. 그러나 주리반특이 얼마나 아둔한지 아난이 포기하고 말았다.

결국 부처님께서 주리반특을 조용한 곳으로 데려다가 "나는 먼지를 턴다. 나는 더러움을 닦는다."라는 문구를 암기하라고 하셨다.

부처님의 이런 배려에도 주리반특은 앞 구절을 외우면 뒤 구절을 잊어버렸고, 뒤 구절을 외우면 앞 구절을 잊어버렸다.

마지막으로 부처님께서 직접 빗자루로 마당을 쓸면서까지 이 두 구절을 외우게 하셨다. 주리반특은 이런 생각을 하였다.

'세존께서는 왜 이런 방법으로 나를 가르치는 걸까? 나는 지금 그 뜻을 궁구해야 한다. 지금 내 몸에도 티끌과 때(번뇌)가 있다. 내 스스로를 비유해 보자. 무엇을 없애야 하고, 무엇이 번뇌인가? 나를 얽어매는 번뇌가 때이고, 지혜가 그것을 없애주는 것이다. 나는 지금 지혜의 빗자

루로 이 번뇌를 쓸어버리리라.'

그때 주리반특은 오온五蘊이 이루어지고 소멸되는 것을 관찰했다. 즉 이른바 '이것은 색色이요, 이것은 색의 발생 원인[色集]이며, 이것은 색의 소멸[色滅]이다.' 이와 같이 수·상·행·식이 이루어지고 소멸하는 것을 사유하였다. 점차 수행이 깊어지면서 마침내 주리반특은 최고의 경지인 아라한과에 이르렀다.

지식이 많거나 학식이 뛰어나다고 해서 깨달음을 빨리 이루는 것은 아니다. 한편 학식이 부족하거나 어리석다고 해서 깨닫지 못하는 것은 아니다.

경허 스님의 제자 중에 수월 스님은 머슴일을 하다 늦은 나이에 출가했는데, 글자를 알지 못했다. 일하면서 남들이 염불 외는 소리를 듣고 천수다라니를 독송하여 깨달음을 이루었다.

또한 중국 근현대 선지식 허운 선사의 제자 가운데 구행이라는 승려도 머슴살이를 하다 출가했는데, 다른 사람들의 독송 소리만을 듣고 홀로 공부해 정각을 이루었다.

한편 아무리 못된 악인이나 살인자일지라도 얼마든지 수행해 깨달을 수 있는 본성을 가지고 있다는 것이 불교의 진리이다.

부처님 재세 시 앙굴리말라라고 하는 비구가 있었다. 앙굴리말라는 승가에 들어오기 이전, 스승의 왜곡된 가르침으로 99명을 죽였다. 그는 100번째인 부처님을 죽이려다가 부처님의 감화로 자신의 그릇됨을 알고 부처님께 귀의한 제자이다.

부처님께서는 이런 살인자까지도 소중한 존재로 여기셨다. 대승 중기 경전에 속하는 《대승열반경》에서는 구제불능의 못된 악인[一闡提]⁴도 구제될 수 있다고 하였다. 즉 "일천제가 현재에 선법善法이 없을지라도 미래에 얼마든지 악업이 선업으로 전환될 수 있으며, 성불할 수 있는 가능성을 가지고 있다."라고 설하고 있다.

이와 같이 매우 아둔한 사람이나 못된 악인도 얼마든지 깨달을 수 있는 성품을 가지고 있다는 사상이 바로 불교의 진리이다.

중생의 부족한 점이나 단점을 모두 끌어안아 포용하는 데는 사람의 타고난 천성이 아니라 행行이라고 하는 실천적인 명상이 있기 때문이다.

---

4 일천제(icchantika)는 깨달을만한 선근이 없는 자를 말한다. 경전에서 제시하는 일천제는 불법승 삼보를 믿지 않는 자, 선근(善根)이 없어 고해에 빠져 깨달음을 이룰 근원이 없는 자, 오역죄를 지은 자, 계율을 지키지 않거나 정법(正法)을 비방하는 자 등 다양한 의미를 갖고 있다.

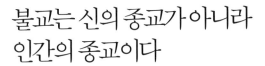

불교는 신의 종교가 아니라 인간의 종교이다

부처님께서 기원정사에 계실 때이다.

어느 과부가 오로지 아들 하나만 바라보고 살고 있었다. 과부에게는 그 아들이 삶의 목적이자 희망이었다. 그런데 어느 날부터 아들이 시름시름 앓더니, 삶을 마감했다. 그 과부는 어찌할 바를 몰랐다. 거의 미친 듯이 아들 시신을 품에 안고 돌아다녔다. 과부의 모습이 너무 안타까워 어떤 사람이 말했다.

"저쪽 기원정사라는 사찰에 가면, 석가모니 부처님이 계시는데 혹 그분이라면 당신의 죽은 아들을 살릴 수 있을지 모르겠군요. 한번 가 보시지요."

과부는 지푸라기라도 잡는 심정으로 한걸음에 기원정사로 달려갔다. 부처님을 뵙자마자 여인이 말했다.

"부처님, 저는 남편도 없이 홀로 아들을 키웠습니다. 그런데 제 삶의 유일한 희망이었던 그 아들이 죽어버렸습니다. 부처님, 제발 아들을 살려주십시오."

부처님께서는 그 여인을 측은히 여기며 말씀하셨다.

"네가 아들을 살리고자 한다면, 내가 말한 대로 하거라. 저기 사위성 마을로 들어가 죽은 사람이 한 사람도 없는 가정에서 불씨를 구해온다면, 네 아들을 살려 주겠다."

여인은 아들을 살릴 수 있다는 말에 불씨를 구하고자 온 마을을 쏘다녔다. 그런데 아무리 다녀도 구할 수가 없었다.

어느 집에 가면, 몇 년 전에 할아버지가 돌아가셨다고 하고, 어느 집에 가면 작년에 아들이 죽었다고 하고, 어느 집에 가면 어머니가 죽었다고 하고, 어느 집에서는 할머니가 죽었다는 등 죽은 사람이 한 사람도 없는 집안은 없었다.

할 수 없이 여인은 부처님께 되돌아와, 불씨를 구하지 못했다고 말했다. 부처님께서 여인에게 말씀하셨다.

"사람이 살면서 네 가지를 면할 수 없다.

이 세상 모든 것은 영원한 것이 없는 것이오,

아무리 부귀하더라도 반드시 빈천해지는 것이며,

어떠한 것이든 모이면 흩어지기 마련이고,

건강한 육신을 가진 사람도 때가 되면 반드시 죽게 마련이다."

이 여인은 그제서야 부처님께서 자신에게 왜 불씨를 구해오라고 하셨는지를 알았다. 인간은 태어나면 죽게 되어있는 무상無常의 진리를 깨달았던 것이다.

아마 이 글을 읽고 있는 당신도 고개를 끄덕이며 알고 있는 진리일 것이다. 이 세상은 영원한 것이 아무것도 없는 무상이라는 것을. 이렇게 부처님께서는 인간의 실존적인 면을 가르치셨다. 불교는 현 실상實相의 있는 그대로의 모습을 통해 깨달음의 여정을 제시한 종교이다.

이 무상이란 법문은 타 종교인들이 말하는 염세적인 진리가 아니다. 무상이란 바로 시간이 흐르면서 당연히 변화되는 것이다.

앞의 어느 글에서 무상은 흐름(stream)이자 변화(change)라고 했던 말이 바로 이런 뜻이다. 인간도 자연의 한 일부분이니 흐름과 변화라는 속성의 존재인 것이다.

화무십일홍花無十日紅이라는 말이 있다. 아무리 아름다운 꽃도 십일밖에 꽃을 피울 수 없다는 뜻이다. 꽃나무가 일 년을 기다렸다가 겨우 십일 동안 꽃을 피우기 때문에 아름다운 것이요, 자연의 장엄이란 바로 이를 두고 하는 말이다. 또 여름의 무성한 이파리는 가을에 낙엽으로 변해서 자연으로 돌아가야 한다. 겨울이 다가오는데 나무에 붙어 있으려고 기를 쓰는 잎사귀는 더 이상 아름다운 존재가 아니다.

인간도 마찬가지이다. 여러 조건[五蘊]이 모여서 인연된 몸뚱이니, 당연히 조건이 맞지 않으면 흩어지게 되어 무상함이요, 죽는 것이다. 죽음이란 삶의 결실이요, 삶이 주는 마지막 선물이다.

사람마다 남녀노소를 가리지 않고 길고 짧음이 있을 뿐, 누구에게나 찾아오는 당연한 손님이다. 어찌 받아들이지 않으려 하는가?

화무십일홍花無十日紅 말 뒤에 인불백일호人不百日好라는 말을 함께 쓰는데, 사람의 마음이 백일을 한결같이 좋을 수 없다는 뜻이다.

사람의 마음이 일 년도 지속되지 못하건만 인간의 몸뚱이는 그래도 적게는 몇 년에서 길게는 백 년까지 살다가 죽으니 다른 동물에 비해 오랜 세월을 지상에 머물다 가는 것이다. 부처님 말씀대로 재물이나 명예도 잠시 내 곁에 있다 떠나는 것이다.

어떤 것이든 영원한 것은 아무것도 없다. 이것은 당연한 실상의 진리요, 부정할 수 없는 절대 긍정인 것이다. 그래서 부처님께서 영원한 지복至福인 깨달음만이 행복이라고 말씀하신 것이다.

이렇게 불교는 현 실상實相, 즉 있는 그대로의 모습을 통해 깨달음의 여정을 제시하는 종교이다.

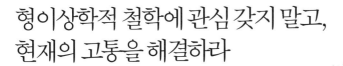

형이상학적 철학에 관심 갖지 말고, 현재의 고통을 해결하라

부처님께서 사위성 기원정사에 계실 때이다. 수행자 가운데 만동 자가 홀로 조용한 곳에서 좌선하고 있다가 부처님이 계신 곳으로 와서 여쭈었다.

"부처님, 제가 좌선을 하고 있어도 망상이 떠나지 않습니다. 제가 질문이 있는데 여쭈어도 되겠습니까?"

부처님께서 아무 말씀도 하지 않자, 만동자가 물었다.

"세계는 영원한 것입니까, 아니면 무상한 것입니까? 영혼과 육체는 동일한 것입니까, 별개의 것입니까? 사후에도 인간은 존재할 수 있는지, 존재할 수 없는지에 대해 대답해주십시오. 부처님께서 정확하게 답변해 주지 않으면 저는 이 교단을 떠나겠습니다.”

부처님께서 한동안 침묵으로 일관하다가 말씀하셨다.

“만동자야, 만약 어떤 사람이 독화살을 맞아 고통을 받고 있다고 가정해 보자. 그 친구들은 바삐 의사를 부르려고 할 것이다. 그런데 그는 친구들을 만류하며 ‘아직 이 화살을 뽑아서는 안 되오! 나는 먼저 화살을 쏜 사람이 누구인지를 알아야겠소. 그 사람의 성이 무엇이고 이름은 무엇이며, 어떤 신분인지를 알아야겠소. 그리고 그 활이 어떤 나무로 만들어졌는지 알아야겠고, 또 화살에 어떤 독이 묻어 있는지를 알아야겠소. 이 모든 것들을 알고 난 뒤에 나는 이 독화살을 뽑겠소.’라고 한다면 이 사람은 어떻게 되겠느냐?

아마도 이 사람은 그것들을 다 알기도 전에 온 몸에 독이 퍼져 죽고 말 것이다. 만동자야, 세계가 영원한 것인지, 무상한 것인지? 육체와 영혼이 하나인지, 개별적인 것인지? 사후에도 존재할 수 있는지, 없는지⑺를 안다고 해서 중생 삶의 고통이 해결되는 것이 아니다.

우리들의 현재 삶 속에서 고苦를 먼저 극복하고 해결하는 일이 우선되어야 한다. 내 설법 가운데 4성제四聖諦가 있다.

이 세상의 모든 고통(苦)은 끊임없는 욕심과 집착에서 비롯되었다. 고통을 없애려 한다면, 갈애(渴愛)와 집착(集)으로 인해 고통이 생겨난 것인 줄을 알아야 한다. 그것을 소멸할 수 있도록 직접 노력하고 수행[道]하여라. 그러면 반드시 해탈과 열반의 경지[滅]에 이르게 된다.

만동자야, 중생들의 삶은 고통으로 연속되어 있다. 그 순간의 닥친 고통과 고뇌를 극복하는 것이 가장 급선무요, 중요한 일이다."

이 일화들은 불교의 본질을 내포하며, 명상의 길을 제시하는 명료한 진리이다. 부처님께서는 우주 자연의 형이상학적인 철학이나 이론을 제자들에게 강조하지 않으셨다.

불교가 '현재 살면서 시시각각 발생하는 고통을 해결해 인간으로서의 참된 길을 갈 것'을 제시한 종교라는 점에서 유학과 유사하다. 공자의 제자인 자로가 공자에게 이렇게 여쭈었다.

"죽음이란 무엇입니까?"
"나는 아직 삶도 제대로 모르는데, 어찌 죽음을 알겠는가!"

불교를 모르는 사람들은 불교를 고리타분한 미신으로 여기고 승려를 무당의 사촌형쯤으로 생각하는 이들도 많다. 또 외부에서는 불교를 샤머니즘의 왕초 격으로 보는 이들도 있다. 스님들도 문제점이 없는 것은 아니다. 점점 기복적인 종교, 영혼제도로 전락시키지 않았으면 하는 간절한 바람이다.

그래서 초기 불교로 돌아가야 한다고 말하는 이들이 있다. 한국 불교의 특성이 있으니 꼭 그래야 한다고는 생각지 않는다. 다만 부처님의 진정한 사상만 왜곡하지 않았으면 한다.

다시 한 번 얘기하지만, 불교는 신의 종교도 아니며 기적을 행하는 종교도 아니다. 또한 우주 철학이나 죽음을 연구하는 종교는 더더욱 아니다. 자신의 죄업을 부처님이 대신 받는 것도 아니요, 기도만 하면 부처님께서 알아서 내 고통을 해결해주는 그런 종교도 아니다.

그대가 (자신의) 고통을 해결하고자 노력한 만큼
그대의 번뇌와 고통이 해소될 수 있음이요,
자신이 명상한 만큼 행복을 얻을 수 있으며,
그대가 수행한 만큼 깨달음의 길이 열릴 것이다.

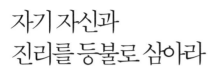

자기 자신과
진리를 등불로 삼아라

《잡아함경》에 슬프면서도 의미심장한 이야기가 있다. 비구 중에 박카리라는 승려가 있었다. 아마 지금으로 치면, 박카리는 더 이상 치유될 수 없는 중병에 걸려 있었던 것 같다. 그는 육체적 병고 때문에 스스로 생을 마감하려는 생각까지 할 만큼 힘들어했다.

자신의 삶이 얼마 남지 않았을 거라고 예견하고 있던 박카리는 생명이 붙어 있을 때, 부처님을 꼭 한번 뵙고 싶었다. 당시에는 출가 승려가 매우 많았기 때문에 한 번도 부처님을 뵙지 못한 제자가 있었다. 이런 사실을 아신 부처님께서 박카리의 처소로 찾아오셨다.

박카리는 힘든 몸을 일으키며 부처님께 예를 갖추려고 하자, 부처님께서 박카리에게 말씀하셨다.

> "박카리야, 나의 이 늙은 몸을 보고 예배한들 무슨 소용이 있겠느
> 냐, 진리(法)를 보는 자는 곧 부처를 보고, 부처를 보는 자는 진리를
> 보느니라."

여기서 부처님께서 말씀하신 '부처를 보고……'의 부처라는 존재는
2500년 전 인도 카필라성의 성자 석가모니 부처님을 지칭하지 않는다.
어느 종교에서 말하는 '내가 곧 길이요 진리요 생명이니 나로 말미암지
않고는……'이라는 사상과는 정반대의 사상이다. 곧 부처란 누구나 부
처가 될 수 있는 보편적인 불성의 참된 본성이요, 누구나 부처가 될 수
있는 우리 중생을 말한다.

그래서 조계종의 소의경전인 《금강경》에서도 "만약 색신色身으로써
나를 보려 하거나 음성으로써 나를 구하고자 한다면 이 사람은 그릇된
도를 행하는 것이니, 능히 여래를 보지 못한다."라고 하였다.

부처님께서는 교조주의적인 사고방식을 드러내지 않으셨으며, 당
신을 신격화하는 것조차 금하셨다.

그러기에 부처님께서는 열반하실 무렵, 제자들에게 당신 입멸 후 사
리조차 섬기지 말고 각자 수행 정진에 힘쓸 것을 강조하셨던 것이다.
한발 더 나아가 널리 알려져 있는 이야기지만, 《대반열반경》에 전하는
내용을 소개하고자 한다.

부처님의 열반이 가까워오자, 아난존자가 부처님께 여쭈었다.

"부처님, 부처님께서 입멸하시면, 저희들은 무엇에 의지하여야 합니까?"

"아난아, 비구들은 나에게 무엇을 기대하고 있느냐? 아난아, 만약 어떤 사람이 비구의 모임을 내가 지도하고 있다든가, 혹은 승가는 나의 지시를 따라 움직인다라고 생각한다면, 승가에 어떤 지시를 내렸을지도 모른다.

그러나 아난아, 여래는 승가를 지도하고 있다든가, 혹은 비구들이 나의 지시를 따르고 있다고 생각하지 않는다.

아난아, 나도 이제 늙었고, 나이가 들어 몸이 쇠하였다. 마치 낡은 수레가 가죽 끈의 도움으로 간신히 움직이듯이 나의 몸도 가죽 끈의 도움을 받아서 유지하고 있는 것과 같다.

아난아, 너희 비구들은 자신을 의지처로 하고 자신에게 귀의할 것이며 타인을 귀의처로 하지 말라. 또 진리를 의지처로 하고 진리에 귀의할 것이며, 다른 것에 귀의하지 마라.

아난아, 자신을 의지하고, 진리에 귀의하라고 하는 뜻은 무엇을 말한다고 생각하는가? 비구가 몸에 대해 관觀하고, 바르게 의식을 보전하며, 바르게 사념하고, 세간에 대한 탐욕심을 내지 않으며, 근심을 초월해 사는 것이다. 또한 신수심법身受心法 4념처四念處에 대해서도 사띠(sati)를 잘 챙기는 것이다."

부처님의 인간적인 모습이 담긴 이런 내용을 좋아한다.

수행하는 데 있어 자신을 화두로 삼고, 정각을 이루는 근원처가 바로 자신의 몸과 마음에 있음을 초기 경전에서 언급하고 있는 것이다.

경전마다 이런 비슷한 언구를 많이 전한다.

"비구들은 자기를 섬으로 삼아 자기를 의지하라. 법을 섬으로 삼아 법을 의지하라. 다른 것을 섬으로 삼지 말고, 다른 것을 의지하지 말라." 고 하였으며, 또 다른 경전에서는 등불에 비유해 "자기 자신을 등불로 삼고, 진리를 등불로 삼으라(自燈明 法燈明)."고 하였다.

대승불교에 와서는 누구나가 부처가 될 수 있는 부처의 성품이라는 말에 여러 어의가 있다. 몇 가지만 나열해 보기로 하자. 부모 뱃속에 들기 이전의 근원적인 자기(부모미생지전본래면목 父母未生之前本來面目)를 말하는 본래면목本來面目, 청정한 성품이라고 하는 자성自性, 일체중생 누구나가 다 갖추고 있다고 하는 불성佛性, 진성眞性·진여眞如·주인공主人公·본성本性·본심本心·법성法性·본지풍광本地風光·불심佛心·열반涅槃·보리菩提·정법안장正法眼藏·일물一物·일착자一着子·제일의제第一義諦 등 수많은 어의가 있다.

너무 어렵게 생각하지 말자.

부처님은 신이라는 존재가 아닌 우리 중생과 똑같은 인간으로 태어나 깨달음을 이룬 선지식이라는 점만 기억하면 된다. 즉, 부처님은 우리에게 당신처럼 부처가 될 가능성을 보여준 선각자라는 뜻이다.

사람은 누구나 깨달을 수 있는 불성佛性이 있으므로 부처가 될 수 있음을 강조하는 내용이 있다.

《법화경》의 상불경常不輕 보살은 어떤 사람을 만나든 간에 고개를 숙이며 이렇게 말했다.

"나는 그대를 가볍게 여기지 않습니다.

그대는 반드시 부처님이 되실 것이기 때문입니다."

당나라 때 서암언瑞巖彦(850~910) 스님 이야기를 예로 들어보자.

스님은 매일 바위 위에 올라가 좌선을 하고, 마친 뒤 큰소리로 자기를 부르고 스스로 답하였다.

"주인공아!"

"네."

"눈을 똑바로 뜨고 있는가?"

"네."

"남에게 속지 말라"

"네."

Chapter 5

명상의 주제
─마음 이야기

인간은 생각으로
고통을 만들어낸다

원효元曉 스님(617~686)은 한국 불교사뿐만 아니라 역사에서 성사聖師로 존경받는 인물이다. 또한 고금을 막론하고 한국 역사상 최다 저술가로 알려져 있다. 원효는 중국 땅을 밟지 않았지만 그의《금강삼매경론》이나《대승기신론》에 대한 주석은 중국에 역수출되어 중국 승려들로부터 극찬을 받았다고 한다.

원효는 경산 태생으로 29세에 경주 황룡사에서 출가하였다. 650년 무렵, 원효와 의상 스님은 함께 당나라로 유학을 떠났으나 가는 도중 고구려군에 붙잡혀 신라로 되돌아왔다. 661년, 다시 두 스님이 당나라로 출발했다. 가는 길녘 당항성(현 경기도 화성) 부근에서 숙소를 구할 수 없어 동굴에 들어가 하룻밤을 묵게 되었다. 두 스님은 너무 피곤했던 탓인지 깊은 잠에 빠졌다.

원효는 한밤중에 심한 갈증 때문에 일어났는데, 물이 담겨 있는 바가지 하나가 손에 잡혔다. 잠결에 물을 달게 마시고 다시 깊은 잠에 빠졌다.

다음 날 아침 일어나 어젯밤에 마셨던 물을 보니, 해골에 담겨있던 물이었다. 순간적으로 원효는 구역질을 하며 토하였다.

"간밤에 모르고 마셨을 때는 달게 마셨는데, 그 물이 해골물이었다는 것을 알고부터 자꾸 헛구역질이 나오는구나."

라고 탄식하는 순간 홀연히 깨닫고, 다음과 같은 게송을 남겼다.

> "마음이 있으면, 가지가지 만물이 생겨나고
> 마음이 없으면, 가지가지 모든 만물조차 사라지는구나."
> 心生卽種種法生 心滅卽種種法滅

원효는 '굳이 외국으로 떠난다고 해서 수행이 잘되는 것이 아니라 고국에서 수행해도 얼마든지 도를 구할 수 있겠구나.'라고 생각하고, 신라로 발길을 돌렸다.

당시 승려들에게 당나라 유학은 불도 수행의 최선책이었는데, 원효는 신라를 떠나지 않은 토박이 승려였다고 볼 수 있다. 원효가 마셨던 해골물과 관련해 좀 더 다른 시각으로 살펴보자.

고대 로마 철학자 에픽테토스는 "사람은 사물 때문에 괴로워하는 것이 아니라, 사물에 대한 생각 때문에 괴로워한다."라고 하였다. 원효가 마신 물이 더러워서 헛구역질을 하는 것이 아니라 자신이 해골물을 마셨다는 생각에 계속 헛구역질을 하는 것이다.

만약 원효가 마신 물이 해골물인 줄 모르고 그 동굴을 떠났다면, 원효에게 있어 그 물은 영원히 맛있는 물로 기억되었을 것이다.

원효의 해골물 이야기와 반대되는 이야기가 있다.

인도인들은 일생에 단 한번만이라도 바라나시(Varbnasi)의 갠지스 강가에서 목욕하고 그 물을 마시는 것이 소원이다. 또 그들은 죽으면 갠지스 강변에서 화장되어 유골을 강물에 뿌려지는 일이 윤회에서 벗어나는 길이라고 생각한다.

아기나 승려들이 죽으면 화장하지 않고 시체를 물에 던져도 되는 인도인들의 관습이 있어 강에는 시체도 떠 다닌다. 게다가 바라나시의 수많은 오물이 이 강으로 들어온다.

이런 여러 요인으로 갠지스 강은 의학적으로나 과학적으로 수질오염이 매우 심각하지만 인도인들에게 이 강물은 성스럽고 깨끗하다는 생각(신념)이 강하기 때문에 그들은 갠지스 강의 물을 마시고도 탈이 나지 않는다.

생각으로 만들어내는 고통에 대한 또 하나의 이야기가 있다.

모스크바에서 출발해 시베리아를 향해 달리던 냉동 열차 안에서 한 사람이 동사한 채 발견되었다.

죽은 사람은 철도청 직원이었는데, 열차의 냉동 칸을 점검하다가 그만 실수로 문이 닫혀 나오지 못하게 되었다. 후에 냉동 창고 벽에는 "춥다. 내 몸이 점점 얼어가는구나. 이대로 죽어가는구나."라는 글귀가 발견되었다.

그런데 아이러니하게도 그 냉동칸은 고장이 나서 (냉각) 작동이 되지 않았으며 의학적으로도 그 온도에 사람이 죽을 정도는 아니었다고 한다. 그렇다면 그 사람은 왜 죽은 것일까? 바로 그 사람은 '냉동 창고에 갇혔으니 곧 죽게 될 것'이라는 생각이 자신을 죽음으로 내몬 것이다.

원효는 자신이 마신 물이 해골물이라는 생각에 자꾸 헛구역질했으며, 냉동 창고에 갇힌 사람은 극도로 낮은 기온에서 사람이 죽는다는 일반적인 통념 때문에 죽었던 것이다. 바로 이처럼 우리의 생각들 중 일부는 자신이 만들어 놓은 허상에 사로잡혀 자신이 속고 있다.

어쩌면 원효가 마신 해골물이 갠지스 강의 물보다 더 깨끗한 물일지도 모른다. 그런데 인도인들은 더러운 물을 마시고도 헛구역질하지 않는다. 그 물이 '신이 준 최고의 선물'이라고 생각하는데, 어찌 헛구역질이 나오고 병이 나겠는가? 우리 인간의 생각은 의학과 과학까지도 바꾸어 놓는다.

자! 시험해보자. 그대가 가장 좋아하는 맛있는 음식을 떠올려보라. 아마도 입안에서 군침이 돌 것이다. 파블로프의 개 실험은 심리학의 대표적인 이야기 가운데 하나이다.

개에게 매일 종소리를 들려주고 밥을 주었다. 수차례 반복하다 보니, 이 개는 어떤 종소리만 들어도 (먹이 생각에) 침을 흘리는 반응을 보였다는 실험이다.

지방에서 서울로 막 올라온 사람은 고향만 생각하면, 자신도 모르게 눈물이 난다. 덥다고 생각하면 시원한 물이 마시고 싶다. 시험을 코앞에 둔 사람이라면 정작 시험 보는 시간은 60분밖에 되지 않는데, 시험이라는 생각 때문에 스트레스를 받는다.

인간은 이렇게 자신이 만들어 놓은 생각에 갇혀 스스로 괴로워하는 것이다. 우리의 생각 중 96퍼센트는 쓸데없는 걱정이기 때문이다. 그 생각이란 단지 몇 가지 조건들에 의해 잠시 생겨났다가 허무하게 사라지는 것들이다. 나는 생각이라는 것이 얼마나 헛된 것들인지 이전에 위빠사나 수행을 하면서 철저히 알았다. 그런데도 늘 쓸데없는 생각을 계속 만들고 있으니 얼마나 어리석은 존재인가.

평소에 가끔 괴로운 일이 있으면, 자신을 찬찬히 살펴보아라. 혹 생각이 만들어낸 고통이 아닌가를.

명상할 때도 수많은 생각이 떠오를 것이다. 물결이 고요해지면 물속이 훤히 보이듯이 마음이 고요해지면 당연히 수많은 생각이 표면 위로 떠오른다. 이는 잘못된 것이 아니라 누구나 다 그러하다. 이렇게 마음을 다지고 명상을 해보라. '생각이라는 것은 단지 스쳐 지나갈 뿐, 내 명상을 방해하는 훼방꾼'이라고, 그리고 그대가 최우선적으로 삼고 있는 명상 주제나 화두로 되돌아가라.

마음은
태산도 옮길 수 있다

　　다음은 실제 있었던 이야기다. 수십여 년 전 베트남 전쟁이 일어났을 때, 우리나라에서도 군대를 파병하였다. 파병된 어느 부대가 밀림지대를 행군할 때의 일이었다. 군인들은 각자 식량과 취사 도구, 침낭 등이 담긴 무거운 배낭과 총기를 들고 밀림을 지나고 있었다. 총 60kg 이상 되는 무게를 짊어지고 있는데다 물도 제대로 먹지 못한 군인들은 걸음을 제대로 걸을 수 없을 만큼 지쳐서 쓰러지는 사람이 나오기 시작했다. 이때 갑자기 어디선가 베트콩의 총알이 날아오기 시작했다. 베트콩의 갑작스런 습격에 놀란 장병들은 훨훨 날 듯 사방으로 도망쳤다.

　　이 군인들은 베트콩의 총알이 날아오기 전에는 한 발짝도 뗄 수 없을 만큼 몸이 천근만근이었는데, 총알이 날아오는 순간에 어떻게 솜털처럼 가볍게 몸을 날릴 수 있었는지 독자들은 이해가 가는가? 어떤 힘이 갑자기 솟아난 것일까? 아니면 이들이 신통술을 부린 것인가? 잠시 생각해보았으면 한다. 이와 유사한 다음 이야기를 하나 더 해보기로 하자.

구한말의 경허 선사(1849~1912)는 꺼져가는 한국의 선을 부흥시킨 인물이다. 오늘날에도 많은 스님들이 경허 선사의 법맥을 잇고 있을 만큼, 한국 불교에 미친 영향이 지대하다.

경허 선사는 제자 만공과 탁발을 떠난 적이 있었다. 옛날에는 탁발을 하면 바랑에 공양미가 대부분이었다. 제자인 만공이 바랑을 매고 있었는데, 탁발 시간이 길어질수록 점점 바랑이 무거워졌다. 만공은 더 이상 바랑이 무거워 걸을 수 없을 정도가 되자, 스승에게 말했다.

"스님, 쌀이 너무 무거워 한 발짝도 뗄 수 없을 정도입니다. 잠시 쉬어 가시지요?"

경허 선사는 제자의 말에 아무런 답변도 하지 않았다. 마침 이 때 마을로 막 들어서던 참이었는데, 저 멀리 마을 중앙에 있는 우물가에서 한 아가씨가 쌀을 씻고 있었다. 경허 선사는 아가씨를 발견하고 다짜고짜로, 덥석 끌어안았다. 아가씨는 갑자기 당한 일인지라 소리를 질러댔다. 이 광경을 본 마을 사람들은 일하던 연장을 들고 "저 스님들 잡아라." 하며 쫓아왔다. 두 스님은 뒤도 돌아보지 않고 줄행랑을 쳤다. 한참을 달려 마을을 막 벗어나 사람들이 쫓아오지 않자, 두 스님은 숨을 헐떡거리며 멈춰 섰다. 만공은 스승의 행동에 어이가 없어 어떻게 그런 행동을 하실 수 있느냐?며 스승에게 따졌다. 이때 경허 선사가 만공에게 물었다.

"그래, 아직도 그 바랑이 무겁느냐?"

만공은 스승의 말을 듣는 순간, '아차' 싶었다. 자신이 바랑을 매고 있다는 사실조차 잊었기 때문이다. 만공이 바랑조차 잊어버렸는데, 어찌 바랑의 무게를 느낄 수 있었겠는가. 스승의 말이 떨어지는 순간, 그제서야 만공은 바랑의 쌀 무게를 느끼기 시작했다. 경허 선사가 아가씨와 접촉한 것에 대해 승려의 계율까지 생각하지는 말자. 스승이 제자를 깨우쳐주기 위한 하나의 방편임을 염두에 두자.

독자는 무엇을 느꼈는가? 인간에게는 우리가 알지 못하는 마음의 힘이 있다. 어느 날 포수가 산중에서 호랑이를 만나, 온 힘을 다해 활시위를 당겼다. 이상하게 여긴 포수가 조심스럽게 다가가 보니 호랑이가 아니라 큰 바위였다. 바위에 화살이 박힌 것이다. 자신이 한 일이라고 믿기지 않아 다시 활시위를 당겨보았지만 화살이 바위에 박히지 않았다. 바로 마음의 힘이라는 뜻이다. 여기서 유래되어 사찰당우 가운데 염궁문念弓門이라는 편액이 있다. 우리의 마음은 한없이 나약하다가도 강인한 힘을 가지고 있다. 곧 잠재된 의식 속에 또 하나의 자아自我가 들어 있는 것이다. 우리가 그 잠재된 위대한 마음을 어떻게 활용하느냐에 따라 위대한 성인[正覺者]으로 탈바꿈될 수 있기에 수행이라는 실천이 수천 년 동안 인류 역사에서 존재해 오고 있다.

그 마음에 대해 아인슈타인의 상대성이론과 비교해 보자. 두 가지 경우가 있다. 첫째는 자신이 사랑하는 이성 친구와 해변에서 아이스크림을 먹으며 하루를 보내는 경우이고, 둘째는 자신이 싫어하는 사람과 같은 장소에서 하루를 보냈다고 하자. 전자와 후자가 느끼는 '하루'라는 물리적 시간이 같겠는가? 전자는 하루가 한 시간으로 느껴졌을 것이요, 후자는 하루가 마치 한 달처럼 느껴졌을 것이다.

전후자 똑같이 물리적인 하루이지만, 그 느끼는 마음에 따라 시간은 달리 느껴지는 것이다. 총알을 피해 달리는 군인과 만공이 생명의 위급함을 느낀 때의 절박함과 그렇지 못할 때의 몸의 움직임이 다른 것은 순전히 마음의 작용이 있었기 때문이다. 불교학에서 이런 마음(心)을 강조하면서 유식唯識 사상이 발달하게 되었다.

우리의 마음은 이렇게 무한한 가능성을 가지고 있다. 무한한 가능성이 있기에 부처님이 성불하셨던 것이다. 인간은 명상을 통해 인격적인 존재로 변화될 수 있으며, 참선을 통해 고통을 뛰어넘어 열반의 낙을 얻을 수 있다(離苦得樂). 비록 현재 우리는 어리석은 중생이지만, 이 속에 부처가 될 수 있는 참다운 본성을 가지고 있다는 점을 잊지 말자.

돼지 눈에는 돼지만 보이고,
부처 눈에는 부처만 보인다

조선의 태조 이성계는 왕이 되기 전부터 무학 대사와 인연이 깊었다. 태조는 왕이 된 이후에도 힘들거나 스트레스 받는 일이 있으면 무학 대사를 찾아가곤 했다.

어느 날 태조가 오랜만에 무학 대사를 찾아가 대화를 나누는 와중에 대사에게 농담을 던졌다.

"스님은 꼭 돼지같이 생겼습니다."

무학 대사는 웃으면서 말했다.

"대왕께서는 부처님처럼 생겼습니다."

이성계는 자신이 아무리 한 나라의 왕이지만 스님께 지나친 농담을 한 것 같아 미안한 마음으로 말했다.

"저는 스님을 돼지에 비유했는데, 어찌 스님께서는 제게 부처님처럼 생겼다고 칭찬하십니까?"

무학 대사는 얼굴에 미소를 띠우며 말했다.

"부처의 눈에는 부처만 보이고, 돼지 눈에는 돼지만 보이는 법입니다."

독자들은 무학 대사의 방어전에 통쾌하다는 생각이 들 것이다. 단순한 대화이지만, 매우 깊은 뜻이 담겨 있다.

무학 대사는 부처 마음만 품고 있으니 세속의 왕도 부처님처럼 보이는 것이요, 대왕은 늘 돼지처럼 탐욕스럽게 살다 보니 청정한 승려도 돼지처럼 보이는 것이다.

《유마경》에서는 "부처님께서 이 세상을 바라보실 때는, 온 세상을 부처님 나라로 보는데, 일반 중생들은 부처님 나라까지도 지옥으로 본다."라고 하였다.

즉 부처님은 악마도 천사로 보는데, 우리들은 천사까지도 악마로 본다는 뜻이다.

자신의 견해대로 상대방을 평가하고 자신의 잣대대로 상대방을 바라본다. 자신의 마음이 둥글면 상대방도 둥글게 보고, 자신의 마음이 날카로우면 상대방도 삐딱하게 보며, 자신의 마음이 사랑스러우면 상대방도 사랑스럽게 본다. 즉 ○→○, △→△, ♡→♡.

이처럼 자신의 견해대로 상대방을 평가하고, 자신의 잣대대로 상대방을 저울질한다. 자신이 탐욕이 가득한 도둑 심보로 세상을 살아가니 상대방이 자기 물건을 훔쳐가는 도둑으로 보는 것이요, 명예 욕구가 강한 사람은 모든 사람을 명예 추구자로 간주해 견제 대상으로 삼는 것이다. 한편 마음이 겸손한 사람은 상대방을 대할 때, 모든 이들을 부처님처럼 생각한다.

불교에 '일수사견一水四見'이라는 말이 있다. 이것은 유식학의 한 이론이다. 즉 '같은 물이라도 천인天人은 보석으로 장식된 연못이라고 보고, 인간은 단지 물로 보며, 아귀는 피血로 보고, 물고기는 자신이 사는 주처住處로 여긴다.'는 뜻이다. 비슷한 예를 한번 더 들어보자. 큰 나무 한그루가 있다고 가정해보자. 나무꾼은 땔감으로 보고, 생물학자는 연구 대상으로 보며, 시인은 나무를 통해 시상을 떠올릴 것이다. 동일한 대상일지라도 보는 자의 견해에 따라 다르게 보고, 다르게 생각한다는 것이다.

인생을 살아가면서 자신이 겪고 체험한 만큼 타인을 보는 관점도 주관적이다.

인간은 어떤 사물을 보고 판단할 때, 객관적인 시각이나 보편적인 관점으로 보지 못하는 경향이 있다. 그런데 이 관점이 '긍정적이냐, 부정적이냐'에 대한 것은 순전히 자신에게 달린 문제이다.

결국 상대방이 문제 있는 것이 아니라 상대방을 평가하고 바라보는 자신의 관점이 문제인 것이다. 솔직히 남을 꾸짖고 비난 잘 하는 사람은 자신에게 그런 결점이 있기 때문에 상대방의 결점을 볼 수 있다.

남을 비방하고 꾸짖는 것은 결국 자신의 인격 문제라는 것을 잊지 말아야 한다.

이렇게 인간의 마음은 부정적이며, 올바른 관점을 잃을 때가 있다. 이런 사실을 인지하고, 명상할 때나 살아가면서 관점 바꾸는 연습을 해 보는 것이 어떨까 싶다. 이 글은 명상 이야기가 주된 테마인데, 마음 이야기를 하면서 조금 다른 방향으로 흘러간 것 같다.

독자들께서는 마음이란 존재에 대해 알 수 있는 계기라고 생각해 주면 좋겠다.

어리석은 편견에서
벗어나기

《열반경》에 이런 내용이 전한다.

옛날 인도의 어떤 왕이 진리에 대해 신하들과 대화를 하는 중에 왕이 신하를 시켜 코끼리 한 마리를 몰고 오도록 하였다. 그리고는 장님 여섯 명을 불러 손으로 코끼리를 만져 보고 자신이 느낀 대로 코끼리에 대해 말해 보도록 하였다.

제일 먼저 코끼리의 이빨(상아)을 만진 장님이 말했다.

"폐하, 코끼리는 무 같이 생긴 동물입니다."

이번에는 코끼리의 귀를 만졌던 장님이 말했다.

"아닙니다. 폐하, 코끼리는 곡식을 고를 때 사용하는 키 같이 생겼습니다."

옆에서 코끼리의 다리를 만진 장님이 나서며 큰소리로 말했다.

"둘 다 틀렸습니다. 코끼리는 마치 커다란 절구공 같이 생긴 동물입니다."

또 코끼리 등을 만진 이는 이렇게 말했다.

"코끼리는 넓은 평상같이 생겼습니다."

배를 만진 이는 코끼리가 "장독같이 생겼다."라고 주장하며, 꼬리를 만진 이는 "코끼리가 굵은 밧줄같이 생겼다."라고 주장하는 등, 서로 자신이 만져서 느낀 견해가 옳다고 주장하였다.

왕은 그들을 모두 물러나게 하고 신하들에게 말하였다.

"보아라. 우리가 볼 수 있는 코끼리는 그냥 하나의 커다란 동물이거늘, 저 여섯 장님은 전체의 코끼리를 보지 못하니, 각각 자기가 만진 부위만 가지고 코끼리는 어떤 것이라고 주장하지 않느냐. 진리를 아는 것도 또한 이와 같은 것이다."

이 이야기를 모상지유摸象之喩라고 한다. 한 사람을 평가할 때도 이러하다. 예를 들어 사회에서 인정받는 신문사 여기자가 있다고 가정해 보자. 기자는 우리 사회에서 상당히 높은 사회적 지위로 평가받고 있다. 그런데 기자를 좋아하는 A는 그 여기자에 대해 똑똑하고, 이지적이며 자기주장을 정확히 표현하는 사람이라고 말하고, 기자를 싫어하는 B는 이기적이고 자기주장만이 옳다고 하는 건방진 사람이라고 말한다.

이렇게 똑같은 사람도 보는 사람의 생각과 관점에 따라 달리 평가된다.

역사의 인물 평가를 봐도 성공하면 영웅으로 남지만, 성공하지 못하면 역적으로 남는다. 충신·역적이라고 단언하는 것도 인간이 만든 역사의 편견일 뿐이다.

동국대는 종립 학교로서 불교 교리나 명상 등 몇 과목이 학생들의 필수 과목이다. 학생들의 종교가 다양하기 때문에 필수 과목을 가르칠 때는 늘 조심하는 영역이 있다. 불교라는 테두리로 종교가 다른 학생들에게 일종의 고정화된 개념(편견)을 주입시켜서는 안 된다는 것이 나의 지론이다. 스님이 강의하는 것만 해도 학생들이 '상당히 불교적이다.'라고 느낄 수 있기 때문이다. 그래서 명상의 보편적인 진리나 사상을 강의하려고 하지만 생각만큼 쉽지 않다.

티벳에서는 사람이 죽으면 조장鳥葬을 한다. 들판에서 시체를 해부해 새에게 그 육신을 보시하는 장례법이다. 서양 기자들이 이 조장을 서양에 알렸는데, 서양 사람들은 티벳의 조장을 야만적인 풍습이라고 평가하였다. 티벳은 고원지대에 위치하는데다 나무가 적고, 바위와 돌이 많아 매장할 수 없을 정도이다. 이런 자연적인 기후 조건과 불교 사상(살아생전 생명체를 많이 잡아먹었으므로 죽은 뒤에는 자신의 육신을 동물이나 조류에게 보시함)이 결합되어 있어 당연히 티벳에서는 조장이 발달할 수밖에 없었다.

한국인은 오래전부터 개고기를 먹어왔는데, 서양 사람들로부터 많은 비판을 받고 있다. 각 나라마다 그 지역의 기후와 날씨, 온도 등의 특색에 따라 문화가 형성된다. 자신이 성장한 나라의 문화적·역사적 배경으로 다른 나라의 문화와 역사를 평가한다는 것은 어불성설이요, 편견이라는 점이다.

자신의 경험과 생각을 바탕으로 사람을 판단하고, 세상을 바라본다. 자신의 견해가 보편타당하고 옳은 것이라고 단정 짓고, 자신의 주관적 평가를 객관적인 것처럼 여긴다. 초기 경전에는 담판한儋板漢이라는 말이 있다. 즉 큰 널을 메고 가는 사람이 있는데, 그 사람은 한쪽 어깨에 널을 메고 있으니, 당연히 한쪽밖에 볼 수 없다. 이 말은 사물의 한 일면一面만 보는 어리석은 사람을 지칭할 때 쓰는 말이다.

우리가 진리를 안다고 자신의 지론을 내놓고, 그 사람을 안다고 평가하며, 남의 글과 논문을 평가하고, 다른 나라를 평가한다는 것, 그 자체가 바로 자신의 주관적 편견에 빠져 있는 것이라고 할 수 있다.

눈에 보이는 것이 전부가 아니고, 귀에 들리는 것이 전부가 아니다. 이 세상은 다양한 인격과 수많은 만물이 존재한다. 자신의 의견이 소중한 만큼 다른 사람의 의견도 소중함을 인식해야 한다. 또한 겸손함을 잊지 말아야 한다.

인간의 마음은 부처가 될 훌륭한 성품과 인격을 지니고 있지만, 오류에 떨어지는 편견의 성품도 지니고 있다는 사실이다. 그러니 인간의 마음이 그릇된 점과 한계가 있으므로 수련하는 명상이 필요한 것이다. 명상을 통해 삶의 바른 견해[正見]를 얻었으면 한다.

내 곁에
영원히 남아있는 도반

부처님이 탄생한 나라 인도는 남자의 경제적 부의 기준이 '아내를 몇 명 두었는가'에 있고, 지금도 어느 지역에서는 관습화되어 있다.

티벳 계열의 라다크족은 몇십 년 전만 해도 부인이 남편을 몇 명씩 두기도 하였다.

이런 점은 그 나라나 종족의 문화와 관습이 곁들여진 것이니, 우리 견해로 옳고 그름을 판단할 수는 없다고 본다.《잡아함경》에 아내가 여럿인 사람을 묘사한 이야기가 있다.

"한 도성에 4명의 아내를 거느린 장자가 살고 있었다.

첫째 아내는 남편이 가장 사랑하는 사람이었다. 남편이 가장 사랑하는 아내로서 앉거나 서거나 일하고 있을 때나, 쉬고 있을 때도 잠시도 떨어져 있고 싶지 않을 만큼 사랑하는 아내이다.

매일같이 목욕시켜주고 머리 빗겨주며, 추우면 옷을 입혀주고 먹고 싶은 것이 있으면 다 먹여주었다. 또 가고 싶은 곳이 있다고 하면 어디든지 데려갈 만큼 소중히 아끼는 아내이다.

둘째 아내는 대단히 애를 써서 사람들과 다투기까지 해서 얻은 아내인데, 늘 곁에 두고 다정히 대화를 주고받는 사이지만 첫째 아내만큼은 사랑하지 않는다.

셋째 아내는 가끔 만나서 위로도 하고 대화를 나눈다. 그러나 함께 있으면 늘 싸우고 금방 싫증이 나는데, 떨어져 있으면 서로 보고 싶어 하는 아내이다.

넷째 아내는 거의 하녀와 다름없었다. 집안의 모든 어려운 일을 도맡아 하고 남편의 뜻을 거스른 적이 없었다. 그녀는 남편으로부터 사랑 한번 받지 못하고 따뜻한 말 한마디 듣지 못하는, 무시당하는 아내이다.

어느 날 장자가 먼 외국으로 떠나게 되어 가장 사랑하는 첫째 아내에게 함께 가자고 했더니, "왜 내가 당신과 함께 가느냐?"라고 하며 냉정하게 거절한다.

둘째 아내에게 가서 "나는 당신을 얻기 위해 남들과 싸움까지 해서 데려왔으니 함께 갑시다."라고 하자, 둘째 아내도 역시 "당신이 억지로 나를 데려오고 싶어서 데려왔지, 내가 당신 곁에 오고 싶어서 왔느냐?"

라고 하며 동행을 거절한다.

셋째 아내는 그래도 양심이 있어서인지, "그동안 당신과 쌓은 정이 있으니 동구 밖까지만 배웅해주겠다."라고 하며 정중히 동행을 거절한다.

할 수 없이 장자는 넷째 아내를 불러 함께 떠나자고 했더니 그녀는, "시집올 때, 당신과 평생 함께 하기로 맹세했으니 당신이 어디를 가든 함께 갈 거예요."라고 하였다. 그리하여 이 장자는 평생 관심 한번 가져주지 않고 무시하였던 넷째 아내만을 데리고 먼 외국으로 떠났다."

이 이야기는 하나의 비유담이다. 도성은 우리가 살고 있는 세상이고, 외국은 죽음의 세계를 말한다.

사랑했던 첫째 부인은 인간의 육체, 둘째 부인은 재산이나 재물, 셋째 부인은 형제 · 가족 · 친구 · 배우자 · 부모를 비유한다. 마지막 넷째 부인은 인간의 마음을 말한다.

평생 동안 육신을 길들이고 공들이지만, 죽는 순간부터 육신은 며칠만에 썩어버린다. 재산이든 어떤 아끼는 물건이든 간에 수의에 주머니가 없으니 가져가지 못한다.

또 평생을 사랑하고 아꼈던 가족 · 친척 · 친구들은 그대가 죽으면 처음에는 슬퍼하고 애달파 하지만, 시간이 지나면 금방 잊어버린다. 문제는 살아가면서 마음 챙기는 일을 등한시한다는 점이다.

중생들은 고급 화장품을 찍어 바르고 성형수술이나 주름 펴는 수술

등을 받는다. S라인을 만들거나 몸짱이 되기 위해 수많은 시간과 경제력을 아낌없이 투자한다. 또한 인간성까지 잃어가면서 재산 모으기에 급급하고, 자신의 세력을 확보하기 위해 사람들과의 인연 쌓는 것을 소중히 여긴다.

그런데 정작 살찌워야 할 마음에는 먹이도 주지 않고, 예쁘게 꾸며주지도 않는다. 결국 우리가 죽어서 가져갈 것은 마음밖에 없는데도 말이다. 우리가 선업을 쌓은 만큼 생을 거듭하는 굴레에서 좋은 생을 받는 것은 물론이요, 닦은 마음은 이 윤회를 끊는 지름길이 된다.

현대인들은 자신이 무엇을 위해 살아가는지 어떤 것을 지향하는지조차 잊고 살아간다.

삶에 대한 확고한 가치관조차 없이 돈과 명예에 휩쓸려 간다. 욕망에 휩싸여 있어 마음을 잃어버리고도 잃어버렸다는 것조차 인식하지 못한다.

인생이 고달플 때, 죽음에 임박했을 때 마음을 찾고자 하지만 그 이전인 젊었을 때 마음을 길들이지 못했기 때문에 이미 늦은 것이다.

목마를 때를 대비해서 미리 우물을 파 두어야 정작 마시고 싶을 때 물을 마실 수 있는 것처럼 명상은 바로 미리 파놓은 우물과 같은 역할을 한다.

명상을 통해 관조하는 삶을 준비해보자. 명상은 한 번쯤 자신이 어떤 존재인지를 알게 해주며, 인생의 소중한 가치관이 무엇인지를 생각해 볼 수 있는 시간이다.

솔직히 인생이 얼마나 허전하고 허무한가! 조선시대 이황은 "부귀는 뜬 연기와 같고 명예는 날아다니는 파리와 같다."고 하였다.

경제적 부와 명예, 사람들과의 인연은 영원하지도 않거니와 배신의 아이콘이라고 보면 딱 맞다.

결국 내 곁에 남아있는 친구는 누구이겠는가? 바로 자신의 마음뿐이다. 이 마음은 영원히 내 곁을 떠나지 않는 도반이다.

시간이 지나면 지금 그대가 소유한 어떤 것(육신 · 명예 · 재산)들도
더 이상 그대의 것이 아니다.
그대가 물질적인 소유에 열중하는 시간의 십분의 일만이라도
지금 그대 곁에 있는 마음 도반에게 정성을 쏟아봄은 어떨까 싶다.

사랑과 미움

"그 사람을 사랑하면 지붕 위의 까마귀도 어여쁘다."
라는 속담이 있다.

이것은 애정이 지극한 경우를 두고 한 말이다.

그러나 세상에는 인연이 변하고 정이 떨어져서

사랑이 변하여 미움이 되고,

급기야 그저 밉기만 하는 경우도 허다하다.

그전의 애정은 어디로 간 것일까.

미움이 변하여 사랑이 되는 것도 마찬가지다.

그러므로 사랑한다고 해서 반드시 기뻐할 일이 아니요,

미워한다고 해서 꼭 상심할 것도 아니다.

꿈속의 일이나 허공 속에 핀 꽃과 같이

본래 진실한 것이 아니기 때문이다.

명나라 때 선사 운서주굉((1532~1612)의 수필집《산색山色》에서 인용한 글이다. 학생들로부터 가끔 상담까지는 아니지만, 하소연하는 메일을 받을 때가 있다.

이성 친구와의 이별에서 오는 아픔에 관한 이야기를 종종 듣는다. 다음은 두 학생이 보내온 내용이다.

"지금 저는 행복하지 않습니다. 정말 좋아했던 그녀인데, 과연 내가 사랑했던 사람인가 할 정도로 저에겐 충격이었습니다.

너무나 힘들고 술이 아니면 못 견뎌왔던 제 자신이 부끄럽습니다. 수업 시간에 배웠던 용서 명상을 해보았습니다. 내가 얼마나 잘해주었는데 어떻게 내게 그럴 수가…….

그런데 막상 용서 명상을 하며 그녀와 있었던 일들을 생각하니, 그녀도 잘못했지만 저도 잘못했습니다라고 말해주고 싶습니다.

지금 내 얘기가 들린다면 그런 말 하지 말라고. 그냥 미안하고 좋아할 뿐인데, 지금 왜 화를 내고 있는지……."

"사실 얼마 전에 큰 이별을 경험했습니다. 모든 것을 바쳐도 좋을 여자 친구와 헤어졌습니다. 대학교 들어오기 전부터 만남을 가져왔고 서로의 부모님도 알고 있던 터라 꽤 깊은 사이였습니다.

마음속 한 켠을 크게 차지하던 사람이 없어지고 나서 상심이 매우 컸습니다. 하루하루를 미친놈처럼 살다 보니 정신을 차렸을 때 남은 건 아무것도 없었습니다."

그런데 앞의 내용과는 반대로 사랑의 열정을 말한 학생도 있었다.

"나는 그녀와의 사랑으로 일상생활에서 언제나 마음의 평온을 느끼며 살아갑니다. 평소에는 무심코 지나쳤던 것들이 그녀와의 사랑을 지속시키기 위해서는 반성해야 할 것들로 바뀌어 가고 있습니다.

그녀에게 잘 보이기 위해 제 욱하는 성격을 고치려고 노력하고, 그녀를 위해 모든 일을 긍정적으로 보려고 합니다."

과연 좋아하고 사랑할 때의 마음은 무엇이고, 실망하고 증오하는 마음은 무엇인가? 누가 미워하고 누가 사랑하는가? 누가 조절하는 것도 아니고, 만들어내는 것도 아니다.

날짜를 정해놓고 남녀가 '요이 땅!' 하며 서로를 사랑하자고 약속한다고 해서 상대를 사랑할 수 있는 것일까? 어떤 인연에 의해 홀연히 사랑하는 마음이 들다가 자신도 모르는 사이에 차츰 사랑이 식는다. 한마디로 이 또한 무상無常한 것이다.

속담에 '열 길 물속은 알아도 한 길 사람 속은 모른다.'고 할 만큼 마음은 알 길이 없다. 하기야 부부가 몇십 년을 함께 살아도 상대방의 마음을 모른다고 한다.

실은 자기 자신의 마음도 알 수 없으니, 마음은 인생 최대의 관건인 것은 분명하다.

마음에 관해서 다양한 각도로 살펴보면서 글이라는 매개체로 마음을 활자화하려고 하니, 내가 어리석은 존재로 보인다.

마음은 미묘한 감정으로 둘러싸여 있어 감히 무엇이라 정의할 수 없으며, 딱히 정의하는 것 자체가 있을 수 없는 일이기 때문이다.

마음이 미묘한 베일 속에 가려있어 찾을 수 없고, 볼 수 없으며 느낄 수 없기에 마음이란 무상한 존재를 화두 삼아 자아의 언저리를 되살피는 일이 바로 명상인 것이다.

그래도 한 가지 분명한 것은 그 마음이 형체도 없고 인연에 따라 사라지는 무상한 것이지만, 어느 정도 마음을 조절할 수 있다는 점이다. 마음은 우주를 감싸고도 남을 만큼 너그러울 때도 있으며, 마음이 편치 않을 때는 손톱만큼도 여유가 생기지 않는다.

즉 한순간에 어떤 마음을 품었느냐에 따라 외부 세상을 달리 볼 수 있고 변화될 수 있다는 것이다. 그래서 달마 선사는 "너그럽고 좋을 때는 천하를 다 주어도 아깝지 않으나 한번 옹졸해지고 싫으면 바늘구멍 들어갈 틈도 없다."고 하였다.

불교학에서는 마음속에 지옥이나 극락이라는 물리적인 공간이 따로 있다고 정의하지 않는다.

즉 죽어서 지옥에 가고, 극락에 가는 것이 아니다. 바로 이 순간에 남을 사랑하고 용서하는 마음을 가지면 바로 그 자리가 극락이요, 타인에 대한 미움과 질시가 마음에 가득 찼을 때는 바로 그 순간이 지옥인 것이다. 이를 두고 유심정토唯心淨土라고 한다.

한순간에 어떤 마음을 가졌느냐에 따라 자신의 현재 경계가 자신 앞에 나타나는 것이다.

'내가 변해야 세상이 변하는 법'이다. 나는 변하지 않으면서 '왜 세상이 내가 원하는 대로 되지 않느냐?'고 탓할 수 없는 것이다.

그래서 '나이 40이 되면 자기 얼굴에 책임지라.'고 한 말이 바로 이를 두고 하는 말이다. 그대가 처한 상황을 극락으로 만들 것인지, 지옥으로 만들 것인지는 오직 현재 당신 마음에 달려 있다.

그렇다! 아무리 마음에 관해 이렇게 글을 전개했지만, 과학적 · 의학적으로 어떤 정의를 내리듯이 불교에서 '마음은 어떤 것이다.'라고 명쾌하게 정의할 수는 없다.

그대들 각자가 공부하고 명상을 통해 찾아야 할 것이기에.

일상에서
명상하게

긍정 명상 1

감옥의 창문으로 별을 보았다

어느 날 공자가 조카 공멸을 만나 물었다.

"네가 그 자리를 맡아 일하면서 얻은 것은 무엇이며 잃은 것은 무엇이냐?"

공멸은 공자의 갑작스런 질문에 표정이 어두워졌고, 자신이 느낀 대로 공자에게 말했다.

"예, 저는 얻은 것은 하나도 없고, 잃은 것만 세 가지가 있습니다.

첫째, 일이 너무 많아 공부를 제대로 하지 못하고 있습니다.

둘째, 보수가 너무 적어 부모님과 친척들을 제대로 봉양하지 못하

고 있고,

셋째, 일에 시달리다 보니 시간이 없어 친구를 잃어가고 있습니다."

며칠 후, 공자는 조카 공멸과 같은 직위에서 일하고 있는 자천을 만나 똑같은 질문을 하였다. 자천은 공자의 말이 떨어지기 전에 미소를 지으며 대답했다.

"저는 일하면서 잃은 것은 하나도 없고, 단 세 가지만을 얻었습니다.

첫째, 책을 통해 익혔던 이론적인 것을 실천함으로써 진정으로 깨닫게 되었으며,

둘째, 보수는 얼마 되지 않지만 적당한 수준이기에 근검절약을 몸에 익힐 수 있었고,

셋째, 함께 일을 하는 동료들을 만나면서 새로운 친구를 사귈 수 있었습니다."

며칠 전 대학 교내에서 어느 선생님과 대화를 나누면서 공자 이야기를 떠올렸다. 그 선생님은 박사학위 취득까지 10여 년이 걸렸지만 막상 현재 살아가는 데 있어 경제적 어려움과 사회적 지위에 대한 불만으로 힘들어했다.

그는 전공 분야의 박사학위를 갖기 위해 노력한 그 시간에 차라리 다른 일을 했다면 더 나은 삶을 살았을 것이라며 현재의 상황을 비관하

고 있었다. 선생님 말을 들으면서 착잡했다.

이해는 하면서도 '만약 이 선생님이 다른 일을 했다면 그 다른 상황 (직업)에 만족했을까?'라는 의구심이 들었다.

공멸과 자천은 똑같은 입장이 주어졌지만, 하고 있는 일에 있어 받아들이는 자세가 다르다. 사람은 살아가면서 현재 주어진 상황에서 부정 마인드를 갖느냐, 긍정 마인드를 갖느냐에 따라 삶의 방향이 달라진다. 즉 일의 능률면에서도 처음에는 표가 나지 않지만 시간이 지날수록 그 차이는 크게 달라질 것이다. 낙관자와 비관자의 차이에 대해 미국의 윌슨(Wilson) 대통령은 이렇게 말했다.

"구멍 뚫린 도너츠를 앞에 두고,
낙관자는 도너츠 전체를 보는 반면, 비관자는 그 구멍만을 본다."

또, 법회 때나 강의 시간에 긍정 마인드에 관해 다음 이야기를 꼭 들려준다. 오래전에 읽은 글인데 출처는 정확히 생각나지 않는다.

50년대에 미국의 어느 의사가 결혼을 하자마자, 부인과 함께 아프리카로 의료 봉사를 떠났다. 부인은 막상 낯선 땅 아프리카에 살다 보니, 대화할 사람도 없고, 환경이 불편했다.

결국 부인은 친정아버지에게 편지를 보냈는데, "남편과 이혼을 하더라도 이곳에서 살 수가 없다. 이곳은 사람이 살 수 없는 척박한 곳이니, 귀국하겠다."라는 내용이었다. 며칠 후 아버지의 답장이 도착했다.

내용은 단 세 줄이었다.

"두 사나이가 감옥의 창문으로 창밖을 보는데,

한 사나이는 진흙 밭을 보았고,

다른 사나이는 별을 보았다."

젊은 부인은 아버지의 답장에 마음을 고쳐먹었다. 그날부터 남편의
의료사업을 도와주고, 원주민들에게 영어를 가르치며, 여인들에게는
청결한 환경의 중요성을 가르치는 등 매우 바쁜 나날을 보냈다. 이 부
인은 긍정 마인드로 삶의 보람과 활기를 찾은 것이다.

유대계 독일 정신의학자 빅터 프랭클(Victor E. Frankl)은 2차 세계대전
당시 아우슈비츠 감옥에서 생활했다(프랭클에 대해서는 자애명상 1편에 언급되어
있다.). 기자들이 프랭클에게 전쟁이 끝난 뒤, 아우슈비츠 감옥에서 어떻
게 살아남을 수 있었는지에 대해 물었는데, 그는 이렇게 대답했다.

"나는 언제나 나의 태도만큼은 내가 결정한다는 사실을 알고 있었다.

그런 상황에서 어떤 마음 자세를 갖느냐는 내 선택에 달린 문제다.

나는 절망을 선택할 수도 있었고, 희망을 선택할 수도 있었다.

그러나 희망을 선택하기 위해선

내가 간절히 원하는 어떤 것에 집중할 필요가 있었다.

난 내 아내의 손에 집중했다.

그것이 내 생명을 연장시키는 매개체이자 에너지였다."

내가 사랑 이야기를 늘어놓는 것이 아니다. 감옥에 갇힌 프랭클에게 그 아내는 곧 긍정 마인드를 갖도록 해주는 희망과 사랑의 메신저였던 것이다.

한 가지를 더 들어보자. 인생을 살면서 누구나 한 번쯤은 병마로 인한 고통을 겪을 것이다. 이런 때 자신은 어떤지 견주며 다음 글을 읽어보자. 두 환자가 있는데, 두 환자는 똑같은 병에 걸려 있다. 한 사람은 기쁜 마음으로 병이 나을 수 있다는 가능성을 생각하며 '희망'에 집중한 반면, 또 한 사람은 병을 비관하고 슬픔에 빠져 죽음과 '절망'에 집중한다. 어떤 사람이 병이 낫겠는가?

앞의 글들을 도표로 만들어 보았다. 그대는 어떤 선택을 하겠는가? 생각해보라.

구분	부정 마인드	긍정 마인드
주어진 직업	잃은 것만 세 가지인 공멸	얻은 것만 세 가지인 자천
구멍 뚫린 도너츠	도너츠의 구멍만 봄	도너츠 전체를 봄
감옥의 창문을 통해	진흙 밭을 봄	별을 봄
아우슈비츠 감옥	절망	희망(아내의 손)
병 원	비관적	낙관적

긍정 명상 2

장미꽃과 가시

시詩 한 편에 삼만 원이면

너무 박하다 싶다가도

쌀이 두 말인데 생각하면

금방 마음이 따뜻한 밥이 되네

시집 한 권에 삼천 원이면

든 공에 비해 헐하다 싶다가도

국밥이 한 그릇인데

내 시집이 국밥 한 그릇만큼

사람들 가슴을 따뜻하게 덮여줄 수 있을까

함민복 님의 〈긍정적인 밥〉이란 시이다. 똑같은 물리적인 경제와 시간을 가지고도 마음을 어떻게 활용하느냐에 따라 인생이 달라지고 행복해질 수 있다.

몇 년 전의 일이다. 학교 가려고 자동차 문을 여는데, 왼쪽 사이드 미러가 깨져 있었다.

누구의 실수였는지, 일부러 그런 건지는 알 수 없지만 경비가 지출될 수밖에 없는 상황이었다. 불쾌했지만 그 순간 마음을 바꾸었다.

당시 한쪽 사이드 미러 값이 오만 원 정도였는데, 양쪽 다 교환했다면 십만 원이 지출되었을 텐데 그나마 한쪽이니, 오만 원을 번 셈이었다. 말 그대로 긍정 마인드로 바꾸니 한결 마음이 편했다.

그렇다면 앞의 글과 관련해 어떤 마음으로 살아가는지, 자신을 객관적으로 평가해보자.

첫째, 공멸과 같이 현재 상황에 불만을 품고 비관적인가, 절망이라는 단어가 더 친숙한가, 부정이라는 단어가 익숙한가?

둘째, 자천과 같이 현재 상황에 만족하고 발전적으로 생각하는가, 희망이라는 단어가 친숙한가, 긍정이라는 단어가 익숙한가?

지금 두 가지 가운데 첫째 항목에 가까운지, 둘째 항목에 가까운지 자신에 대해 곰곰이 살펴보라. 중요한 문제는 '지금 뭘 선택(긍정·부정)하는가?'하는 점이다. 그렇다면 선택은 누가 해야 하는가? 우리는 신이 준 각본대로 인생을 살아가는 것이 아니다. 선택하는 데 있어 신이나 부모가 도와주지 못한다. 바로 자신이 해야 한다. 그 선택은 바로 업(karma)이 되고, 그 업은 자기 책임을 수반해 열매를 맺은 뒤, 미래의 당신을 만들어간다. 즉 긍정 씨앗(因)을 심음으로써 긍정 열매(緣)를 맺은 뒤 인생이 전개된다(果)는 뜻이다.

순간 선택에 따라 행복할 수도 있고 불행할 수도 있는 그 기점에서 우리는 살아가고 있는 것이다. 자신이 현재 어떤 마음을 가지고 있느냐에 따라 미래의 자신이 만들어진다는 사실을 인지해야 한다.

아무런 노고 없이 성장하는 것은 사람의 손톱 발톱 머리카락뿐이다. 힘들지 않는 인생은 없는 법이요, 노력 없는 성공은 없다.

자신에 불만을 가지고 있으면 현재의 문제점을 해결하지 못한다.

현 상황이 힘들더라도 개척하고 발전하려는 노력이 필요하다. 그 노력에 기름을 부어주는 것이 바로 긍정 마인드요, 그 긍정은 성공하는 인생을 만들어준다.

긍정 마인드를 갖는 데 다음 몇 가지를 염두에 두자.

첫째, 현재 지금 여기에서 만족치 못하고, 행복할 수 없는 상황이라면, 마음을 바꾸는 일이다. "피할 수 없으면 즐겨라."라는 말이 있지 않은가. 포기할 것은 포기하고, 받아들일 것은 받아들여라.

둘째, 어떤 사물이나 사람이든, 그리고 어떤 상황에 처해있든 간에 그 사람이나 상황은 장점과 단점을 동시에 가지고 있는 법이다. 혹 상대에게 단점이 보인다면, 단점보다 장점이 더 많다는 것을 잊어서는 안 된다.

셋째, 현재 상황을 긍정적인 상황으로 전환시킨 뒤, 그 현재 서 있는 기점에서 내가 행복한지, 만족스러운지에 관해 자신의 마음을 살펴보는 일이다. 그리고 순간순간 자신에게 메시지(만트라)를 불어 넣는다.

매일 아침 잠자리에서 일어났을 때 '오늘 하루는 모든 일이 잘 될 거야!',

여행을 떠나기 전이라면, '이번 여행은 순조롭게 잘 될 거야!',

누군가를 만나러 가기 전이라면, '오늘 만남은 내 생애에서 최고의 만남이 될 거야!',

시험을 보는 일이 있으면 '오늘 시험을 잘 볼 거야!',

계약 협상 중이라면 '이번 계약은 잘 이루어질 거야!'라고 자신에게 긍정 메시지를 불어넣는다.

축구에서만 복병이 있는 것이 아니다. 인생을 살다 보면 불행이라는 이름의 복병이 그대의 주위 곳곳에 도사리고 있다가 언제고 그라운드에 튀어나올 수 있다는 사실을 잊지 말라. 또 자신의 작은 실수나 잘못된 것 하나를 가지고 자신을 '온통 허점투성이'라고 생각하지 말라.

인생은 바로 그대의 것이요, 어느 누구도 대신해주지 않는다.

왜 부정적인 선택을 해야 하는가? 이왕 선택하면, 밝은 쪽을 선택하는 것이 낫지 않겠는가?

자신이 원하는 밝고 희망찬 일에 마음을 기울일 때, 원치 않은 일은 저절로 멀어지기 마련이다.

긍정은 명상을 통해서 얻을 수 있는 마음의 힘이다.

긍정 마인드를 통해서 행복한 인생을 설계할 수 있음이요, 발전된 삶으로 나아갈 수 있다.

이 글을 다 읽었으면, 시도해보기로 하자.

심리학자들에 의하면 인간의 본성은 부정적인 요소보다 긍정적인 요소가 더 많다고 한다.

자신에게 고민된 문제나 해결해야 할 일, 혹은 인연으로 힘든 경우가 있다면, 자신을 객관적인 자리에 두고 곰곰이 자신을 들여다본다. 그냥 내버려 두라.

자신을 잠시 놓아두면, 일부러 마음을 변화시키지 않으려고 해도 긍정적이고 희망찬 면으로 마음이 기울어질 것이다.

법정 스님의 글귀를 소개하며 이 글을 마치고자 한다.

"'장미꽃에 하필이면 가시가 돋쳤을까' 생각하면 속이 상한다.

하지만 '아무짝에도 쓸모없는 가시에서

저토록 아름다운 꽃이 피었을까'

생각하면 오히려 감사하고 싶어진다."

호흡 명상 1

화를 다스리면 만사가 행복하다

몇 년 전 프로미식축구 팀의 전방 수비수 앨버트는 경기가 끝난 뒤 순전히 분풀이로 상대팀 수비수 머리를 발로 차고 짓밟았다.

앨버트의 폭행으로 상대 선수는 얼굴을 수십 바늘 꿰매고 안면 복원 수술까지 받았다.

앨버트 때문에 소속팀이 망신을 당했음은 물론이고, 그는 북아메리카 프로 미식축구리그에서 다섯 경기 출전 정지를 당했다.

이 기사를 보면서 분노를 참지 못하는 데서 발생하는 행위가 자신과 주위 사람들에게 얼마나 큰 손실을 초래하는지를 실감했다.

이 세상의 폭력이나 불미스러운 일은 대부분 순간적인 화를 참지 못해 빚어진다고 한다. 시간적·공간적으로 잠시만 벗어나서 보면 그냥 스쳐 지나칠 수 있는 일들이 대부분이다. 그러면 분노가 일어나고 화가 나는 순간, 어떻게 마음을 가라앉힐 것인가? 바로 호흡으로 다스려 보자.

삶과 죽음의 갈림길이 무엇이라고 생각하는가? 《사십이장경》에서는 이에 대해 명확히 정의하고 있다.

> 부처님께서 제자들에게 물었다.
> "사람의 목숨이 얼마 동안에 있다고 생각하느냐?"
> 한 제자는 "며칠 사이에 있다."고 하였고,
> 다른 제자는 "밥 먹는 사이에 있다."고 대답하였다.
> 그런데 마침 한 제자가 이렇게 대답했다.
> "사람의 목숨은 호흡과 호흡 사이에 있습니다."

부처님께서 이 제자의 답변을 듣고 매우 흡족해 하셨다.

또한 《호흡관법경》에는 "들숨·날숨의 알아차림(sati)을 잘하면, 수행의 큰 결과를 얻게 되고, 도과道果를 얻는 이익이 있다."라는 부처님의 말씀이 있다.

초기 불교에서는 호흡을 중시했으며 수행의 한 방편으로 강조했다. 또한 마음이 산란하고 혼란스러울 때 마음을 안정시키는 방편으로 호흡 명상이 제시되기도 한다.

호흡이란 내쉬는 숨은 호呼, 들여 마시는 숨은 흡吸으로, 육신과 마음을 연결하는 가장 중요한 매개체이다. 또한 이 호흡은 삶과 죽음을 구분 짓는 경계선이기도 하다. 옛날에는 검지로 코 밑에 대어 호흡의 들고 나가는 것으로 생사를 확인하기도 하였다.

호흡 명상은 말 그대로 호흡을 활용한 명상으로 숨이 들고 나는 모습을 있는 그대로 관찰하는 명상이다.

호흡의 길이는 사람들의 체질에 따라 다르므로 굳이 다른 사람의 기준에 따라갈 필요는 없다.

호흡의 길고 짧으며, 빠르고 느림을 인위적으로 조절하지 말고 자신의 페이스에 맞춰 자연스럽게 들이쉬고 내쉬는 것을 있는 그대로 관찰하는 간단한 명상이라고 할 수 있다.

그렇다면 부처님 재세 시부터 있었던 호흡 수행을 일상에서 어떻게 활용하면 좋을까? 일단 호흡 수행이니, 호흡 명상이니 하는 딱딱한 말을 잊어버리고 그냥 있는 그대로 호흡을 느끼는 것이라고 생각하면 된다.

첫째, 앞에서도 언급했듯이 화가 나거나 분노가 일어났을 때, 이 호흡을 활용해보자.

이성 친구가 배반했을 때, 복수를 생각하기 전에 그 순간에 호흡을 느껴보라. 또 물건을 골라 계산대 앞에서 기다릴 때도 호흡을 해보자. 또한 운전할 때도 빨간 신호등이 오래 켜져 있거나 길을 건너는 사람이 느릿느릿 가면 짜증이 난다. 그 짜증을 누르지 못하면 화를 내게 되고, 행여 다른 차가 끼어들면 쌓였던 감정을 상대방에게 쏟게 된다. 이때도 호흡을 해보자. 아니 호흡을 느껴보자.

자신이 화가 나는 것을 인식하고 숨을 들이쉬고 내쉬는 것을 인지만 해도 그 분노는 가라앉게 될 것이다. 누군가를 기다릴 때도 상대방이 지각에 분노가 일어난다면, 그 순간에 호흡을 해보자. 아니 자신의 호흡을 지각해보자.

《화엄경》에서는 "일념진심기一念嗔心起 백만장문개百萬障門開"라고 하였다. 즉 한 번 화를 내면, 모든 일에 장애가 발생한다는 뜻이다. 아마 누구나 한 번쯤 경험했을 것이다. 도미노 현상처럼 분노는 다른 일까지도 엉망진창으로 만들기 때문에 조심해야 한다.

그래서 베트남의 틱낫한 스님은 "화가 풀리면 인생이 풀린다."고 하였다. 호흡으로 그 순간을 참아내면 모든 만사가 술술 풀릴 것이다.

둘째, 호흡을 통해 평온을 얻는 명상을 해보자.

먼저 세 단계를 염두에 둔다

① 눈을 감는다. 아니면 눈을 떠도 된다.

　머리에서부터 발밑까지 마음을 물 흐르듯이 내려 본다.

② 자신의 얼굴을 확인한다.

　자신이 웃는 얼굴을 하고 있는지, 찌푸린 얼굴을 하고 있는지 확인해 본다.

확인해 본 뒤 미소 띤 얼굴로 바꾼다.

환한 얼굴로 바꾸면 마음도 동시에 평온해지기 때문이다.

③ 현재 명상하고 있는 이 순간, 행복하다고 느낀다.

호흡은 코로만 하는 것이 아니라 배로도 숨을 쉰다. 배가 올라갔다 내려갔다 하는 것도 숨 쉬는 일이다. 그럼 먼저 누워 배에 양손을 올리고(혹은 좌선한 자세로), 다음과 같이 머릿속에 그림을 그린다.

파란 바닷가를 떠올린다. → 하늘에는 쾌청한 태양이 떠 있고, 갈매기가 날아다니며 고운 백사장이 펼쳐져 있다. → 백사장을 걸어 바닷가로 들어가 발목이 잠길 정도에 멈춰 서서 끝없는 지평선을 바라본다. → 바로 그때, 배에 얹은 양손을 의식해 본다. 5분 이상 이 상태를 유지한다.

또는 이렇게도 해보라. 배에 손을 얹고 다음과 같이 상상한다. 푸른 나무로 둘러싸여 있는 깊은 산속에 시냇물이 졸졸 흐르고 있다. → 맨발로 시냇물이 흐르는 가운데로 들어가 멈춰 서서 주위를 살핀다. → 하늘에는 밝은 태양이 있고, 새 소리도 들리며, 부드러운 바람이 자신의 몸에 감긴다. → 바로 그때 배에 얹은 손을 의식하고, 5분 이상을 지속한다.

셋째, 호흡을 통해 스트레스를 줄이고 행복을 느껴보자.

숨을 내쉴 때는 몸 안의 모든 긴장과 노폐물, 스트레스가 빠져나가 편안하고 안정되어 간다고 상상을 해보라. 반대로 숨을 들이쉴 때는 몸이 행복과 충만한 감정으로 가득 차는 상상을 하는 것이다.

인간은 생각에 따라 세상 모든 일을 바꿀 수 있기 때문에 이런 생각으로 호흡 명상을 해보면 자신도 모르는 사이에 행복감을 얻을 수 있다.

이와 같이 호흡 명상은 어떤 기구를 사용하는 것이 아니라 늘 내 몸에 지니고 있는 것으로 할 수 있는 간단한 명상법이다.

이 호흡 명상은 최단 기간에 평온과 고요함을 얻을 수 있으며, 스트레스를 줄일 수 있는 최적의 명상법이라고 생각한다.

호흡 명상 2

집중력은 키우고, 산란심은 잠재우기

호흡 수행 가운데 수식관數息觀이 있다. 수식관은 들이쉬고 내쉬는 호흡을 숫자로 세기 때문에 수식관이라고 한다.

《청정도론》에 의하면, 호흡을 하며 숫자를 셀 때는 다섯보다 적어도 안되고 열을 넘겨서는 안 된다. 여덟까지 세는 것이 가장 적당하다고 하였는데, 8정도八正道에서 기인된 것이라고 볼 수 있다.

대체로 이론마다 조금씩 다른데, 일반적으로 세 가지 방법이 있다.

첫째, 숨을 들이쉴 때 숫자를 세거나
둘째, 숨을 내쉴 때 숫자를 세는 방법이 있고,

셋째, 숨을 들이쉴 때와 내쉴 때 모두 세는 방법이다.

사람들에게 세 가지를 다 권해 보았는데, 세 번째 방법이 가장 합당해보였다.

여기서는 세 번째 방법으로 호흡을 들이쉴 때와 내쉴 때 숫자를 세기로 한다. 실은 숨을 들이쉴 때와 내쉴 때 모두 숫자 세는 것을 주장하는 이유는 그만큼 번뇌와 망상이 끼어들 틈새가 적기 때문에 이 방법을 고수하는 것이다.

먼저 세 단계를 염두에 둔다.

① 눈을 감는다. 아니면 눈을 떠도 된다.

머리에서부터 발밑까지 마음을 물 흐르듯이 내려 본다.

② 자신의 얼굴을 확인한다.

자신이 웃는 얼굴을 하고 있는지, 찌푸린 얼굴을 하고 있는지 확인해 본다.

확인해 본 뒤 미소 띤 얼굴로 바꾼다.

환한 얼굴로 바꾸면 마음도 동시에 평온해지기 때문이다.

③ 명상하고 있는 현재 이 순간을 행복하다고 느낀다.

이 숫자 세는 명상도 호흡을 인위적으로 조절하지 말고, 자연스럽게 숨을 들이쉬고 내쉬는 것을 세어야 한다.

숨을 내쉴 때 하나, 들이쉬면서 둘, 다시 내쉬면서 셋, 들이쉬면서 넷...... 열까지
센다. 그리고 열하나, 열둘, 열셋......이라고 하지 않고, 다시 하나, 둘, 셋...... 열까지
세는 것을 반복하는 방법이다.

즉 1~10, 1~10...... 이런 식으로 적어도 3번이나 5번 정도를 한다.

대학생들에게 이 숫자 세는 명상을 가장 많이 시키는데, 학생들이
여러 명상법 중 이 명상에 가장 쉽게 적응하였다.

무엇보다도 학생들은 이 명상을 통해 집중력을 얻는 데 도움이 되
었다고 하였다. 그래서 학생들에게 이 숫자 세는 명상을 어느 수업 시
간이든 수업 전에 꼭 1~10까지 수식관을 세 번 반복하는 습관을 들
이라고 권한다.

한편 이 명상법은 산란한 마음을 가라앉히고 마음을 안정시키는 데
도 매우 효과적인 명상법이다.

실은 나도 미얀마에서 수행할 때, 마음이 불안하거나 집중되지 않으
면 좌선 시작할 때, 먼저 이 수식관을 하곤 했다.

이 숫자 명상은 짧은 시간, 어느 공간에서든 잠시 짬을 내어 쉽게 할
수 있어 바쁜 현대인들에게도 꼭 권할만하다.

모든 수강생이 3~4학년인 수업이 있었다. 이런 때는 수업 방식을
조금 달리한다. 학점과 취업 문제로 힘들어하는 학생들을 자유롭게 풀

어주면서, 거의 한 학기 내내 수업 시간마다 숫자 세는 명상을 시킨다. 종강날, 학생들에게 느낀 점을 써오라고 하였는데, 두 학생의 과제 내용을 소개한다.

… 요즘 취업과 내 미래 문제 때문에 머리가 복잡한 것이 사실이다. 곧 스물다섯 살이 되지만 아직 내가 무엇을 좋아하는지도 모르겠고 어떤 일을 하면서 내 미래를 꾸려 나갈지에 대해 구체적인 계획을 세우지도 못했다.

이런 생각을 할 때마다 머리가 복잡해지고 그저 회피하고 싶다는 생각을 많이 했다.

그런데 교수님이 시키시는 숫자 세기 명상을 해보니 내 자신이 상당히 정화되고 머리가 맑아지는 기분을 많이 느꼈다.

특히 교수님의 숫자 세기는 처음 명상하는 사람이라면 누구에게나 추천해주고 싶다.

하나부터 열까지 그리고 또 하나부터 열까지 세면서 명상을 하니 그 시간만큼은 누구에게도 방해받지 않고 내 자아를 느낄 수 있었다(4 학년 남학생).

… 아침마다 수업 시간 맞추느라고 헐레벌떡 뛰어오고는 있지만 명상에 들어가면 마음이 차분해진다.

마치 세상과 내가 단절된 듯한 느낌을 받는다. 그런데 왜 평온할까?

명상의 무엇이 나를 편안하게 해주는 것인지 생각해봤다.

특히 나처럼 초보자나 아직 제대로 역량을 갖추지 못한 사람은 숫자 명상을 통해 쉽게 명상에 접근할 수 있다고 본다.

학기 중간이 지나면서부터 교수님께서 점점 명상 시간을 늘려갔다. 명상 시간이 길어지면 마음이 점점 차분해지는 것을 느낀다.

그리고 어느 순간, 잠이 든 것도 아닌데 시간의 흐름이 무뎌지면서 내가 무슨 자세를 취하고 눈을 감고 있는지 헷갈리는 상황이 온다.

이것은 남녀노소 누구나 할 수 있는 방법이다.

바로 이 점이 명상의 가장 큰 장점인 듯하다.

그러나 명상 시간에는 이러한 모든 불안, 걱정… 등 부정적 감정에서 잠시라도 벗어나는 자신을 느낀다.

비록 다리는 저릴지언정 마음은 잔잔한 호수처럼 평온해짐을 느낀다… 다양한 학과와 다양한 학년, 다른 종교를 가진 학생들이 모이지만 명상을 함께 하는, 고요한 그 시간 속에서 느끼는 여운은 모두 같을 것이라는 생각에 이 시간만이 가진 묘한 매력을 느낀다.

또한 나 자신의 상태에 대해서도 점검해 보게 된다(3학년 여학생).

자애 명상 1

따스한 인간애

삶의 진실에 대한 확고한 신념이 있어야 인생의 역경계를 극복해나갈 수 있다. 어느 누구나 인생에서 몇 번의 고비가 있기 마련이다. 출가자도 수행 길에서 종종 수렁에 빠지기도 한다. 내게 가장 큰 고난은 건강이었고, 진척이 없는 학문과 수행은 딜레마였다.

그래도 이를 극복할 수 있었던 것은 부처님의 소중한 진리가 나를 구제해주곤 했기 때문이다. 그 외 외전外典으로 읽는 책들과 철학자들의 도움이 컸는데, 그 가운데 빅터 프랭클의 사상이 포함된다.

빅터 프랭클(Victor E. Frankl, 1905~1997)은 유대계 독일 정신의학자이다. 2차 세계대전 당시 그와 누이를 제외하고는 부모, 형제, 아내가 모두 아우슈비츠감옥에서 죽었다. 하루 보급 식량은 국 한 그릇에 완두콩 한 두알, 옷도 거의 없었고, 추위와 배고픔, 죽음에 대한 공포만이 존재하는 극한 상황 속에서 살아남았다.

프랭클은 수용소 체험을 바탕으로 수많은 사람들의 행동양식을 관찰해 정신 질환 치료법을 발전시켰는데, 이는 로고데라피(Logotherapy)라 불리는 의미요법(Will to Meaning)이다.

고통과 아픔을 통해 생사의 문턱에서 하나의 진리를 깨달으며 여기에서 삶의 의미와 목적을 발견한다는 것이다. 즉 인간으로서 극한 고통과 아픔을 통해서 인간의 진정성을 구현하는 일이다.

프랭클은 삶의 의미를 아는 사람과 알지 못하는 사람의 차이를 발견했다. 유태인 수용소에 처음 수감되었을 때, 다양한 사람들이 섞여 있었다. 체력이 뛰어나게 좋은 사람과 허약해 보이는 사람, 민첩하기가 다람쥐 같은 사람과 둔하게 보이는 사람, 배운 사람과 학식이 부족한 사람 등 온갖 종류의 사람들이 수용소 생활을 함께 시작했다.

프랭클은 처음에 민첩한 사람이나 체력이 뛰어나게 좋은 사람, 처세술이 좋은 사람들이 마지막까지 살아남고, 허약하거나 요령 부릴 줄 모르는 어수룩한 사람들은 수용소 생활에서 살아남지 못할 것이라고 생각했다. 그러나 결과는 반대였다.

체력이 좋고 민첩한 사람들이 오히려 먼저 무너졌고, 허약해 보이는 사람들이 끈질기게 버텨 나갔다.

처음에는 이런 현상을 이상하게 여기다가 점차 그 이유를 알게 되었다.

수용소에서 쉽게 무너진 사람들은 아무리 수단이 탁월하고 체력이 좋아도 삶의 의미를 모르는 사람들이었다. 처절한 고통을 견딘 사람들은 '고난'이라는 의미를 아는 사람, 삶의 진정성을 아는 사람들이었다. 또한 시시각각 죽음과 고통으로 위협받으면서도 이웃 동료들에게 빵을 나눠주고, 남을 위로할 줄 아는 순수한 인간성을 지닌 사람들이 마지막까지 살아남았다.

프랭클은 인간의 마음속 깊은 곳에서 남을 위해 희생할 줄 아는 순수성을 발견했던 것이다.

그것은 바로 인간과 인간을 잇게 하는 따뜻한 정情이었고, 사랑이었다.《쌍윳따니까야》에 의하면, 부처님께서 이런 말씀을 하셨다.

> "험한 여행길에서 자신보다 남을 위하고,
> 조금이라도 베풀 줄 아는 사람이 진정한 성자이다.
> 이기심만 있고 남에게 베풀 줄 모르는 사람은 죽은 자이다."

일전에 아들이 모친을 살해한 비극적인 사건이 있었다. 이 사건의 내막을 보면, 폐쇄적인 생활 속에서 모친은 아들에게 집착했고, 아들은 모친에게 반항하게 되면서 극단적인 선택을 하였다.

이는 인간애가 부족했기 때문이다. 이 사건을 통해 소중한 생명을 지닌 인간으로 태어나 삶의 의미를 추구하는 것과 따뜻한 인간애가 얼마나 중요한지를 새삼 자각하게 되었다.

삶의 진정한 의미를 깨닫지 못하면 실존적 공허에서 오는 좌절감 때문에 정신 건강을 위협받게 된다. 이것이 바로 신경쇠약(스트레스)의 현대적 의미가 될 것이다. 또한 정신적인 영역으로만 끝나는 것이 아니라 신체적인 질병으로 옮겨간다.

누구나 삶에 있어 예기치 못한 시련을 겪고 고통 받기 마련이다. 이럴 때 빅터 프랭클의 교훈을 상기해보라. 아무리 힘들더라도 삶의 의미를 발견하고, 부정적인 마음에서 긍정마인드로 바꾸는 연습을 반복해보자. 이 사유의 전환은 자신 스스로가 만들어가야 한다. 어느 누구도 대신 해줄 수 없다. 잠시 홀로의 시간을 가져보는 일이다.

"만법이 다 하나로 돌아간다(萬法歸一)"고 했으니, 일반 사람들에게 명상할 때 사랑하는 사람을 집중 대상으로 하는 것도 권할만하다. '일중일체다중일一中一切多中一', 즉 하나에 모든 것이 들어 있고, 모든 것 속에 곧 하나가 담겨 있다는 사실을 인지해보라. 지극하면 통하게 되어 있다.

자애 명상 2

다른 사람도 나처럼 행복을 원한다

"내가 행복을 원하고 고통을 바라지 않는 것처럼,

　다른 사람도 행복을 바라고 고통을 원하지 않는다."

　자애慈愛(mettā) 명상은 살아있는 모든 존재들이 고통으로부터 벗어나 행복하기를 바라는 마음으로 행하는 명상이다.

　자신만의 행복이 아닌 모든 이들이 행복하기를 바라는 마음은 불교의 이상이요, 수행의 목적이기도 하다. 더 나아가 사회적 윤리 의식이 깃든 아름다운 행위라고 생각한다.

　원래 자애 명상은 위빠사나 수행을 위해 도와주는 역할의 명상이다.

즉 자애 명상은 일종의 사마타(Samatha, 집중·몰입된 경지)에 속하는 명상법으로 분류하는데, 이 자애 명상을 함으로써 집중과 평온을 얻은 뒤 위빠사나로 전환하는 것이다.

이 명상은 초기 불교 수행법이지만, 매우 뛰어난 명상법이라고 할 수 있다.

현재 한국에서도 이 자애 명상을 많이 하고 있고, 미국에는 이 자애 명상을 위주로 하는 센터도 있다.[5]

몇 년 전 미얀마 찬메(Chanmyay) 센터에서 수행할 때, 찬메 사야도(큰스님)께서 모든 수행자들에게 일주일간 자신이 하던 명상을 멈추고, 이 자애 명상을 하라고 한 적이 있었다. 이때 "수행이 잘 안 된다."라고 하면서 거의 우울증 증세까지 보였던 한국 스님이 이 자애 명상을 한 뒤 환희심을 내고 평온을 얻은 경우를 직접 보았다.

몇 년 후 다시 미얀마에서 수행할 때, 늘 좌선에 들어가기 전에 5분 가량 자애 명상을 하였다.

자애 명상을 하기에 앞서 자비에 관한 명확한 경전 해석을 알아 두기로 하자.

자慈(metta)는 (살아있는 모든 존재들이) 행복하고 평안하기를 바라는 마음

---

6 선재가 53 선지식 중 19번째 선지식(대광왕)을 찾아 "대자행大慈行 해탈문을 어떻게 성취하여 중생을 제도해야 하는가?"라고 묻고 있고, 선재가 28번째 선지식(관음)을 찾아서는 "대비행大悲行 해탈문을 어떻게 성취하여 중생을 제도해야 하는가?"라고 묻고 있다.

이며,

비悲(karunā)는 (살아있는 모든 존재들이) 고통으로부터 벗어나기를 바라는 마음이다.

대체로 한국에서는 자비라는 말을 붙여서 쓰지만, 초기 불교에서는 자慈와 비悲를 구분해 쓰고 있다.

우리나라 사람들은 '자비 명상'이라고 호칭하는데, '자애慈愛 명상'이라고 해야 정확한 표현이다.

명상하는 방법

자애 명상할 때는 반복해서 염송하는 문구가 있다. 초기 경전마다 다르고, 이 명상을 권하는 미얀마 스님들께서 제시하는 문구도 다양하다. 위빠사나 수행 지침서인 《청정도론》과 《무애해도》의 보편적인 문구를 염하여도 되고, 간단한 문구를 염하여도 된다. 자애 명상은 먼저 자신부터 하고, 점차 주위 사람들로 확대해 나가는 순서로 한다.

---

5 자애 명상은 초기 경전 여러 곳에 언급되어 있다. 《숫타니파타(Suttanipāta)》, 4부 니까야(nikāya) , 《무애해도無碍解道, Patisambhidāmagga》, 《청정도론淸淨道論》에서 언급한 40가지 사마타 수행 주제 중 31번째이다. 또한 사무량심 [慈悲喜捨] 중 첫 번째에 해당되며, 네 가지 보호 명상(부처님 덕성을 명상, 자애관·부정관·죽음에 대한 숙고)에서 두 번째에 해당되고, 부파불교 선정관인 오정심관(부정관· 자비관· 인연관· 계 분별관· 수식관)에서 두 번째에 해당한다. 한편 티베트 불교에서도 자애 명상이 발달되어 있다.

1	청정도론 · 무애해도 – 보편적 문구	( )가 원한이 없기를, ( )가 악의가 없기를, ( )가 근심이 없기를, ( )가 행복하기를
2	청정도론 · 무애해도 – 간단한 문구	부디, ( )가 행복하기를, ( )가 고통이 없기를
3	필자가 권하는 문구	( )가 몸이 건강하고, 마음은 행복하게

첫 번째, 먼저 세 단계를 염두에 둔다.

① 눈을 감는다. 아니면 눈을 떠도 된다.

　　머리에서부터 발밑까지 마음을 물 흐르듯이 내려 본다.

② 자신의 얼굴을 확인한다.

　　자신이 웃는 얼굴을 하고 있는지, 찌푸린 얼굴을 하고 있는지 확인해 본다.

　　확인해 본 뒤 미소 띤 얼굴로 바꾼다.

　　환한 얼굴로 바꾸면 마음도 동시에 평온해지기 때문이다.

③ 명상하고 있는 현재 이 순간을 행복하다고 느낀다.

두 번째, 자신부터 본격적인 명상을 한다. 자신을 사랑하고, 자신을 가장 친한 친

구로 만들어야 한다. 내가 행복해야 타인의 행복을 기원할 수 있기 때문이다. 위

문구(세 가지 중 하나)를 반복하면서 진정으로 자신에게 축원해주고 자애를 불어넣

는다. 마음속 이미지와 함께 그대 가슴에 건강한 기운을 꼭 불어넣어라.

세 번째는 전 단계에서 사용했던 위의 문구를 염하면서 ① 부모 → ② 형제 → ③ 친구 → ④ 친척 → ⑤ 내가 몸담고 있는 학교나 직장 동료 → ⑥ 내가 살고 있는 마을 사람들 → ⑦ 이 나라 사람들…. 이렇게 점차 확대해가며 자애로운 마음으로 그들의 행복을 진심으로 축복해준다. 자애로운 느낌에 젖어들고, 그 느낌은 점차 몸에 스며들어 온 몸에 퍼지게 된다.

네 번째는 고통 받고 있는 모든 중생들에게 자애를 넓혀 간다. 위 문구를 반복적으로 염하면서 ① 현재 병으로 고통받고 있는 환자들 → ② 날아다니는 나비, 짐승, 습한 기운에서 태어나는 벌레 등 모든 살아있는 생명체에게 자애로운 마음을 전한다.

다섯 번째는 자애 명상의 마지막 단계로, 처음부터 끝까지 모든 단계를 종합하여 쭉 훑듯이 빠르게 단계별로 자애 명상을 한다.

이 자애 명상의 단계별 순서는 초기 불교 사상에 입각했고, 평소 법회 때는 이런 순서대로 한다. 그런데 꼭 앞에서 서술한 대로 명상하지 않아도 된다. 내가 권한 세 번째와 네 번째 내용처럼 자신 → 가족 → 주변 인물로만 해도 마음의 안정을 얻고, 좋은 인연을 지속할 수 있을 것이다.

그렇다면 이 자애 명상을 하면, 어떤 이익과 행복을 얻을 수 있을까? 이 점에 대해서는 초기 불교 경전이나 수행론 여러 곳에 언급되어 있지만, 여기서는 보편적인 것(내가 경험하고 느낀 점)만 언급하기로 한다.

첫째, 마음의 평온함을 얻는다.

둘째, 부모와 형제, 친척에게 사랑하는 마음이 생기며, 모든 살아있는 존재에 대해 자애심이 생기면서 상대방에 대한 일체감(oneness)과 연민심이 생긴다.

셋째, 모든 만물에 감사하는 마음을 갖게 된다.

넷째, 자신을 진심으로 사랑하게 되며 자신감이 생긴다.

대체로 자원 봉사를 하는 사람들이 행복도가 높다고 하는데, 남을 위한 봉사가 그만큼 자신을 행복하게 해준다는 것이다.

이 원리처럼 자애 명상도 남을 위해 자애심을 갖지만, 결국 자신의 행복으로 돌아온다는 사실이다.

이 자애 명상은 사찰 법회 때나 강의 시간에 시켜보는데, 예상보다 재가자들이나 학생들의 반응이 매우 좋은 편이다.

이 자애 명상은 굳이 집중을 하지 않아도 어디서나 짧은 시간에 편안히 할 수 있는 명상이다.

감사 명상 1

감사합니다, 행복하십시오

오늘 하루 가운데 '감사하다', '행복하다'라는 말을 더 많이 하는지, '불행하다', '밉다', '저 사람만 보면 화가 난다'라는 말을 더 많이 하는지 자신을 객관적으로 평가하고 다음 문장을 읽었으면 한다.

남태평양 어느 섬의 원주민들은 나무 한 그루를 쓰러뜨리기 위해 기발한 방법을 쓴다고 한다. 톱이나 기계를 사용하는 것이 아니라 쓰러뜨려야 할 나무 주위에 원주민들이 삥 둘러선다. 원주민 모두가 3일 밤낮 동안 나무를 향해 고함을 지른다. 그 고함 소리에 나무는 결국 쓰러진

---

7 에모토 마사루, 양억관 역, 《물은 답을 알고 있다》, 나무 심는 사람, 2002

다고 한다. 이렇게 인간의 언어, 말의 위력은 엄청난 힘을 가지고 있다.

일본인 에모토 마사루는 물(水)에 대고 좋은 말이나 나쁜 말을 했을 때, 물의 반응을 영상으로 담았다. 수년간의 연구 결실이었고, 전 세계적으로 이슈가 되어 책으로 출간되었는데 한국에서도 반응이 좋았다.[7]

똑같은 병에 물을 넣고 그 물에 '사랑한다', '고맙다', '예쁘다'라고 말하거나 그런 글자를 보여주면 그 물이 다이아몬드의 예쁜 결정체를 형성한다. 또한 즐거운 음악을 들려주어도 다이아몬드 형상 같은 예쁜 영상을 나타내었다. 반면 물에 '망할 놈, 밉다'라는 부정적인 말을 하거나 무서운 형상을 보여주면 물이 파열된 양상을 보이면서 서로 흩어졌다.

또 이런 실험을 하였다. 똑같은 3개의 그릇에 밥을 담아 두고, 한 달 동안 매일 똑같이 한 그릇에는 '고맙다', '예쁘다'라는 말을 해주고, 두 번째 그릇에는 '망할 놈', '밉다'라는 욕을 했다. 그리고 세 번째 그릇은 한쪽 구석에 두고 관심도 보이지 않았다. 한 달 뒤, 어떤 결과가 나왔을 것인지 상상해보라. 각각의 그릇을 보니, '고맙다', '예쁘다'라는 말을 들은 밥은 발효된 상태가 누룩처럼 푸근한 향기를 풍겼고, '망할 놈', '나쁜 놈'이라고 들었던 밥은 부패하여 까맣게 변했다. 그런데 아예 관심조차 주지 않았던 밥은 더 부패되어 새카맣게 변해 있었다. 세상에서 가장 무서운 것이 무관심이라고 하더니 맞는 말인가 보다.

페루 인디언들은 바다에 나가 고기를 잡기 전에 낚싯대에 다음과 같은 말을 건넨다고 한다. "너는 바다에 나가면 고기를 많이 잡게 될 거야. 수고해, 고마워." 무생물체(낚싯대)에 감사와 칭찬을 통해 고기를 잘 잡는

낚싯대로 만드는 것이다.

어쨌든 인간만이 가지고 있을 것이라고 생각했던 희노애락, 그 느낌(受)과 감정을 무정물도 똑같이 느끼고 있으니 말의 위력이란 대단한 것만은 사실이다. 일전에 인터넷에서 이런 기사를 읽은 적이 있다.

과학자들이 재미있는 실험을 했는데, 부부가 대판 싸운 뒤, 그 입김을 모아 독극물 실험을 했더니 놀랍게도 코브라 독보다 강한 맹독성 물질이 나왔다. 또 어떤 사람을 일정한 공간에 가둬두고, 그에게 인격적으로 모욕을 했다. 화가 날대로 나 있는 그 사람의 타액을 검사했더니 황소 수십 마리를 즉사시킬 만큼의 독극물이 검출되었다. 반대로 즐겁게 웃는 사람의 뇌를 조사해보니, 독성을 중화시키고 나쁜 암세포를 파괴시킬 수 있는 좋은 호르몬이 다량으로 분비되었다는 결과가 나왔다.

말로 인해 무정물까지도 감정을 드러내는데, 인간이 뱉은 말로 인해 사람에게 상처를 주기도 하고 행복을 준다고 하는 이론이 타당함을 입증한다. '말 한마디에 천 냥 빚을 갚는다.'고 했는데, 말 한마디에 따라 한 사람을 죽일 수도 있고 살릴 수도 있다.

인간은 몸과 입과 뜻으로 행위를 하는데, 이를 3업三業이라고 한다. 이 3업(身·口·意)을 청정한 행으로 바꾸는 것이 불교의 기본 수행이다. 특히 입으로 지은 나쁜 업(口業)을 가장 조심해야 한다. 그래서 불자들이 많이 독송하는《천수경》첫머리에 정구업진언이 있고, 5계에도 불망어不妄語가 등장한다. 그만큼 구업이 무서운 결과를 가져오기 때문에 구업 청정을 통해 참회를 강조하는 것이다.

불교 이전에 고대 바라문교에서는 범아일여梵我一如를 목적으로 타파스·요가를 실수하고, 옴(Om)[8]을 명상하였다. 제사의식을 관장한 제사장 바라문이 만물의 정수라고 하여 이 옴을 처음에 읊었던 것이다. 불교에서도 바라문교의 이 옴 만트라를 수용하였다.

중국은 당나라 말기부터 현재까지 선과 정토(아미타불)가 어우러진 선정일치禪淨一致가 주류를 이룬다. 즉 중국의 스님들이나 재가자들이 늘 아미타불을 염하기 때문에 그 '아미타불을 염하고 있는 자가 누구인가 念佛是誰?'를 화두로 삼는 것이다. 이는 수행의 한 방편이기도 하지만, 사용하고 있는 것이 바로 말이었고, 언어였다.

이렇게 불교에서는 말과 언어를 활용한 기도나 수행법이 활용되고 있다. 말과 언어를 잘못 사용하면 원망과 불행을 만드는 화근의 문이 되지만, 한편 언어와 말을 활용해 기도하고 수행한다면 그 입은 바로 복을 불러들이는 문이다. 즉 말과 언어는 업을 짓는 근원이자, 부처가 될 수 있는 근원인 것이다.

여기에서는 언어나 말의 힘을 언급하기 위해 쓰고자 했는데, 조금

---

8 옴은 바라문교 천계天啓 문학의 시 구절에 대한 응답의 말이다. 옴은 제사를 지내면서 가영관이 사마베다를 고창할 때에 읊는 것이다. 옴이란 만물의 정수라고 하여 처음에 읊어지는데, 만물의 정수는 지地이고, 대지의 정수는 수이며, 수水의 정수는 초목이고, 초목의 정수는 사람, 사람의 정수는 말, 말는의 정수는 찬가, 찬가의 정수는 가영歌詠, 가영의 정수는 고창이다. 이 고창의 첫 머리가 바로 옴이다. 옴은 곧 만물의 생기生氣·정령으로서 옴 명상은 자기의 정령을 명상하고, 자연계의 정령을 명상, 태양의 정령을 명상하는 것이었다. 이 옴 명상을 통해서 당시 사람들은 삼신일체三神一切 사상을 창출하였다. 이런 명상의 발전은《우파니샤드》에 이르러 수행의 구체적인 방법론을 제시하게 되었다.

빗나간 것 같다. 그만큼 언어나 말은 무정물도 변화시키고 사람까지 변화시킬 수 있을 만큼 강력한 힘을 지니고 있다. 그런데 단순히 말이나 언어만으로 끝나는 것인가.

자신이 하고 있는 말은 현재 자신의 마음 상태를 표현한다. 곧 말을 통해 진심을 담아내기도 하고, 말을 통해 상대에게 나쁜 감정을 전달하기도 한다. 손으로 때리는 것보다 말로 하는 폭력이 더 무섭고, 상대에게 나쁜 인상을 심어주는 것은 바로 말 속에 그 사람의 마음이 담겨 있기 때문이다.

《화엄경》에서는 "마음으로 인해 삼계가 생긴 것이요, 마음이 삼계를 만든다."라고 하였다. 곧 이 마음이란 만물의 근원이다. 간절한 바람은 마음의 파동에서 나온 에너지가 말과 언어를 통해 기도가 실현된다. 불교가 기적이나 신통을 내세우는 종교가 아님은 바로 이 마음 에너지를 어떻게 활용하느냐에 달려있기 때문이다.

그러니 늘 가까이 하는 사람부터 시작해 모르는 사람, 무정물에 이르기까지 진심 어린 감사를 전달해보자. 각 존재들을 떠올리며 예쁘다, 감사하다, 행복하다, 미안하다, 고맙다, 사랑한다, 성공하십시오, 아름답다. 훌륭하다… 이왕이면 이렇게 이쁜 단어들을 머릿속에 입력해두고 감사 명상을 해보는 것이다. 감사 명상을 하고 나면 자신부터 행복할 것이요, 자연스럽게 대인 관계 또한 원만해질 것이다.

감사 명상 2

소중한 인연에 늘 감사하자

법회를 시작으로 오래전부터 학생들을 만나왔고, 대학이나 사찰 불교대학을 통해 강의 활동을 펼쳐왔다. 늘 '학생들에 대한 칭찬에 인색하지 말아야지.' 하면서도 쉽지 않다. 그들이 존재하기에 강단에 설 수 있다는 사실에 감사하면서도 잊을 때가 많다.

근래 느끼는 점은 서로가 서로에게 감사할 줄 모르고, 배려심이 부족하다는 사실이다. 옛 어른 스님들께서 "심려心慮는 적게 하고 배려配慮를 많이 하라."라고 하셨다. 심려는 마음을 아프게 하는 것으로 자신에게 이익될 것이 없지만 배려는 마음을 편히 쓰는 것이므로 모두에게 유익하기 때문이다.

서로를 칭찬하고 감사만 해도 모자랄 인생인데, 상대를 비방하고 때로는 집단적인 마녀사냥을 통해 한 사람을 매장시키기도 한다. 이런 점은 부처님께서 말씀하신 인간의 이기적인 탐욕에 기인한다고 볼 수 있다.

이기심을 줄이기 위해 감사하는 마음을 가져보자.《천수경》첫머리에 등장하는 '수리 수리 마하수리 수수리 사바하'는 구업口業을 청정히 하는 의미이지만, 단순히 이 뜻만은 아니다. 모든 사람들에게 '감사합니다', '행복하십시오', '훌륭하십니다'라는 찬탄과 감사함도 내포되어 있다. 예수님께서도 "매사 어떤 일이든 감사하라."라고 하셨는데, 감사는 긍정적 삶의 선택이라고 볼 수 있다.

고래도 칭찬에 춤을 추고, 식물도 보살펴 준 만큼 성장한다. 작은 미물도 감사와 사랑에 반응하는데, 감정이 풍부한 인간에게 감사하고 사랑만큼 훌륭한 보약이 어디 있겠는가? 사람은 '미안하다'는 말을 들을 때보다 '감사하다'는 말을 들을 때 더 기분이 좋은 법이다.

어느 누구나 고독한 존재이다. 인간의 따스함에 목말라하면서도 왜 상대방에게 그렇게 하지 못하는 것일까? 내가 원하는 만큼 상대방에게 먼저 감사하는 마음을 갖는 것이 어떨까? 감사하는 마음을 갖기 전에 두 가지를 염두에 두자.

먼저, 사람은 누구나 소중한 존재라는 것이다. 지위 고하를 막론하고 타인도 나만큼 소중하다는 마음가짐으로 존중하는 의식이 있어야 한다.

그리고 이 세상은 중중무진 연기법으로 이루어져 있으므로 사람과 자연, 사물에게도 감사해야 한다는 것이다. 장미 한 송이는 누구에 의해 창조된 것도 아니고 저 혼자 피어난 것이 아니다. 꽃 한 송이가 피기 위해 시간적으로는 겨울과 봄이라는 시간(계절)이 있었고, 공간적으로는 물·햇빛·구름·공기 등 도움이 있었다. 사람도 마찬가지이다. 홀로 존재하는 것이 아니라 부모·형제·친척·스승·친구 등 많은 사람들과의 관계 속에서 살아간다. 그래서 일본 정토종 승려인 친란(新鸞, 1173~1262)은 《탄이초》에서 "나는 일찍이 부모에게 효도하기 위해 염불한 적이 없다. 모든 중생이 세세생생 부모·형제·친척이기 때문에 누군가 먼저, 다음 생에 성불하여 모두를 구제해야 되는 것"이라고 하였다. 이는 우리들은 여러 사람들과의 인연으로 얽혀 있으니 감사함을 갖자는 것이다.

그러면 감사 명상을 해보도록 하자. 그냥 하라고 하면 쉽지 않으니 다음 순서대로 해보자.

첫 번째, 먼저 세 단계를 염두에 둔다.

① 눈을 감는다. 아니면 눈을 떠도 된다.

머리에서부터 발밑까지 마음을 물 흐르듯이 내려 본다.

② 자신의 얼굴을 확인한다.

자신이 웃는 얼굴을 하고 있는지, 찌푸린 얼굴을 하고 있는지 확인해 본다.

확인해 본 뒤 미소 띤 얼굴로 바꾼다.

환한 얼굴로 바꾸면 마음도 동시에 평온해지기 때문이다.

③ 명상하고 있는 현재 이 순간을 행복하다고 느낀다.

두 번째, 자신이란 존재가 이 세상에서 가장 소중한 존재이다. 무한한 가능성을 가진 존재라고 자신을 추켜세우며 스스로에게 감탄하라. 또 건강한 신체에 감사하는 일이다. 즉 볼 수 있는 눈이 있고, 들을 수 있는 귀가 있으며, 걸어 다닐 수 있는 다리를 가지고 있고, 자유자재로 쓸 수 있는 팔이 있어 밥 먹고 컴퓨터도 할 수 있는 육신에 감사하라.

세 번째, 종교는 삶의 생명과도 같다. 부처님께 감사하는 마음을 품어보자. 혹 다른 종교인이라면 자신이 믿는 신께 감사하라.

네 번째, 내가 살아 숨 쉴 수 있도록 해주는 공기·물·햇빛 등 자연에 감사하라.

다섯 번째, 이 세상에 생명을 부여해주신 부모님께 진심으로 감사드린다. 그 반대로 부모 입장이라면 그 자녀에게 감사하라. 이어서 형제→친구→스승 등 인연 있는 모든 이에게 감사하라.

미안마에서 1년가량 살 때, 한국에서는 느끼지 못했던 점에 감사했던 경험이 있다. 한국이라는 고국이 있다는 점에 감사했고, 한국 승가가 있기에 한국 비구니로서 대우받을 수 있어서 조계종 승가에 감사했었다. 든든한 백이 내 등을 받쳐주고 있는 것 같아 감사했던 기억이 새롭게 다가온다. 떠나봐야 자신이 처해 있는 상황과 공간에 생각해 볼 여유가 생기는가 보다. 본인이 구체적으로 감사하고 싶은 사람들을 쪽지에 적어두고, 그 작성된 목록대로 감사하는 것도 좋을 듯하다.

미국의 한 여류 작가는 아침에 눈을 뜨자마자, 그녀는 자신이 누리고 있는 축복을 손가락으로 꼽아 보는 것으로 하루를 시작한다고 하였다.

우리 인간은 사소한 일에도 감사해야 할 일이 참 많다. 도서관이 있어 내가 보고 싶은 책을 빌릴 수 있고, 수돗물을 틀면 그 자리에서 물을 사용할 수 있으니 얼마나 감사한 일인가. 버스를 기다리다가 버스가 오면 그 버스가 있어 먼 거리로 이동할 수 있다는 점에 감사하고, 또 머리를 식히고자 잠깐 산책을 한다면 그 산책길이 있다는 것에 감사하며, 산책길에서 만나는 사람이 있다면 그 사람이 살아 있어 나와 인사할 수 있다는 점에 감사하자. 또한 저녁 시간에 하루를 마감하면서 무사하게 하루를 마칠 수 있었다는 것에 감사해야 한다. 바로 이 무탈함이 삶의 기적인 것이다.

상대방에게 감사하는 마음을 가지면 그 상대방은 두 배로 보답할 것이요, 서로 좋은 신뢰감을 쌓을 수 있을 것이다. 솔직히 상대방을 위한 감사와 배려는 곧 나를 위한 것이며, 자신부터 행복하게 해준다. 이러한 감사함은 긍정적인 사유로 발전되어 풍요로운 삶을 만들어 줄 것이다.

감사 명상 3

감사는 행복을 불러온다

캘리포니아 주립대의 로버트 에먼스 교수는 사람들에게 자신의 삶을 돌아보며 일주일마다 다섯 가지 감사했던 점을 찾아 간단한 일기를 두 달 동안 쓰게 하였다. 이 실험 결과, 감사 일기를 쓰고 난 뒤 행복도가 25% 상승하였고, 동시에 마음이 긍정적인 생각으로 바뀌었으며, 건강도 이상이 없었고, 평소에 운동을 잘하지 않던 사람도 운동을 하게 되었다는 보도가 있었다.

또한 켄터키 주립대의 네이선 디월 교수는 감사하는 마음을 연습하면 똑같은 스트레스 상황이 찾아와도 감사하는 마음을 연습하지 않은 사람에 비해 그 영향을 적게 받는다는 연구 결과를 발표했다. 곧 감사하는 마음은 외부의 스트레스로부터 보호막을 형성해서 웬만한 것은 쉽게 뚫고 들어오지 못하도록 심리적 저항력을 길러준다는 것이다.

이번 학기 교양과목 수업을 하면서 학생들에게 다음과 같은 내용의 과제물을 써보라고 하였다. '자신이 이제까지 살아오면서 가장 감사했던 일을 세 가지 이상 나열하라.'는 과제였다. 대강 쓰는 것이 아니라 어느 정도 구체성을 띠어야 한다는 요건을 제시했고, 마침 이 과제를 낼 때가 5월 중순인지라 가족에 대한 인연이나 사랑을 깊이 생각할 수 있는 시기이기 때문에 좋은 반응이 있을 것이라 생각되었다.

대부분의 학생들은 과제 내용을 받았을 때, 자신이 주위 사람들에게 무슨 감사할 일이 있는지 난감했었는데, 과제물을 작성하면서 새로운 자신을 발견했다고 하였다. 즉, 부모님은 물론, 형제, 친구, 학교 선생님, 등 자신의 주위에 있는 사람들이 고마운 존재라는 것을 과제를 통해 새삼 느꼈다는 것이다.

학생들은 자신이 인생을 살아가는 데 주위 사람들의 도움으로 살아가고 있다는 것을 미처 생각하지 못했었고, 당연한 거라고 여겼는데, 과제물을 작성하면서 자신도 모르는 사이에 감사하는 마음이 생겼다고 하였다. 또한 이렇게 감사한 마음을 글로 표현하다 보니, 자신이 얼마나 행복한 존재인지를 알게 되었다는 학생들이 많았다. 수강생들이 모두 착해서 그런 것은 아니다. 누구나 감사할 줄 안다면 행복을 발견하게 된다.

마침 이런 과제를 내고 그 제출물을 읽으면서 기대 이상의 성과에 만족하고 있는 터에 미국에서 감사에 대한 실험 결과를 읽게 되었다(이 글 서두 내용). 우연치고는 너무 절묘해서 고개를 끄덕일 수밖에 없었다.

인생은 나 혼자 살아가는 것이 아니다. 밥만 먹는다고 사는 것이 아니지 않는가! 젊은 사람은 부모의 경제적 원조와 사랑이 있기 때문에 현재의 자신이 있는 것이며, 또한 학업을 도와주는 선생님, 고민을 털어놓고 인생을 발맞춰 나갈 수 있는 친구들이 있기에 인생을 값지게 사는 것이다.

과제물 중 몇 개를 골라서 수업 시간에 학생들에게 직접 자신이 읽어보라고 하였다. 이렇게 하다 보니, 학생들의 긍정 마인드와 행복 상승 효과가 더 커졌던 것 같다. 행복이 과연 무엇이겠는가? 내 곁에 있는 사람에게 감사하는 마음으로 대하는 인간적인 정情이 인생의 최대 행복이 아닐까?

감사하자!
"내 곁에 당신이 있어 참 행복합니다."

감사 명상 4

감사는 행복 바이러스다

감사와 관련된 내용 중에 미국에서 화재 진압을 하던 소방관이 남긴 쪽지 이야기 하나를 소개하고자 한다.

미국 콜로라도 주에서 큰 산불이 발생하자, 소방관들은 인근 주택으로 불이 옮겨갈 것을 대비해 주민들에게 빨리 대피하라고 하였다.

사람들은 위급한 상황인지라 엉겁결에 집밖으로 뛰쳐나왔고, 소방관들은 필사적으로 산불을 진압하였다. 어느 정도 산불이 진압되자, 사람들은 다시 자기 집으로 돌아갈 수 있었다. 그런데 어느 집 주인이 소방대원이 남긴 쪽지 하나를 발견하고, 이를 방송에 공개하였다.

이 쪽지 내용은 미국 CNN 등 현지 언론은 물론이거니와 인터넷을 통해 전 세계적으로 퍼져나갔다. 소방관이 남긴 쪽지 내용은 단 몇 줄에 불과하다.

"산불이 창문을 통해 집으로 번지는 것을 막기 위해 2층 카펫을 버려서 미안합니다."

집주인은 이 쪽지를 발견하고, 너무도 감동해서 10여 분간 소리 내어 울었다. 이후 집주인은 세심한 소방관을 찾아가 감사한 마음을 전했다고 한다.

소방관으로서 미안해하지 않아도 될 일을 미안해하고, 자신의 카펫이 망가졌는데도 오히려 소방관에게 감사하는 훈훈한 이야기가 제3자인 수많은 사람들에게까지 전해져 모두를 행복하게 해주었다.

말 그대로 감사는 행복 바이러스인 것 같다.

소방관은 화재 진압 도중, 생명을 위협받는 사람으로서 직무상 남의 집 카펫이 아닌 그 어떤 손해를 끼쳤다고 해도 그 책임을 물을 수 없는 비상 상황에 처해 있는 사람이다. 그렇게 급박한 상황에서도 쪽지까지 남긴 소방관의 마음가짐에 놀라울 따름이다.

자신의 위치에서 당연히 해야 할 일을 했을 뿐인데 미안해하고, 감사 인사를 받는다는 것은 행복한 일이요, 삶에 활력소를 주는 효과가 있다고 생각된다.

칭찬과 감사는 행복 활력소와 행복 에너지를 샘솟게 하는가 보다.

칭찬과 감사를 받음은 어린 아이부터 노인에 이르기까지 마음을 설레게 한다. 필자도 가끔 이런 경험을 한다.

한 학기 수업을 종강하는 날, 학생들에게 '감사하다'는 말을 들을 때가 가장 보람되고 행복하다. 한 학기 동안의 피로가 다 가시는 느낌이라고 할까? 또 간혹 학생들로부터 감사하다는 메일을 받는다. "한 학기 동안 제게 희망을 갖도록 해주어 감사하다."라는 내용이 대부분인데, 어떤 학생은 "이제까지 들은 수업 중 최고였습니다."라는 아부성 인사를 하기도 한다. 아마 이 학생은 자신이 수강한 모든 교수님들에게 이렇게 인사를 했을 것으로 추측된다.

학생들의 감사 메일을 받을 때는 인사치레인줄 알면서도 행복을 느낌은 물론이요, 한동안 자신감이 충만된다.

감사 메일을 보낸 그 학생도 행복감을 느끼고 기분이 상승되는 효과를 얻었을 것이다.

이렇게 감사할 줄 아는 마음으로 인해 가족을 비롯한 주변 사람들에게 친절해지면서 삶의 만족도가 상승된다.

더 나아가 이 상승효과는 삶의 질을 높여줌은 물론이요, 우울감까지도 치유해주니, 감사는 바로 행복의 묘약이 아닐까!

용서 명상 1

용서, 그 아름다운 말

인간의 마음은 무한한 가능성을 가지고 있다. 스님들이 속세를 버리고 출가하는 이유도 마음을 닦아 깨달음을 이루기 위해서이다. 평범한 인간도 석가모니 같은 성인이 될 수 있을 만큼 뛰어난 마음을 가지고 있기 때문이다. 성인은 아니더라도 뛰어난 인격을 만들 수 있는 근원처가 바로 마음이다.

그러나 그 마음이란 존재의 이면에는 사람을 증오하거나 시기, 질투, 상대에 대한 편견을 갖는 부정적인 일면이 있다. 그 편견이란 자신의 방식대로 해석하고 단정하는 좁은 소견이라고 할 수 있을 것이다.

나는 10여 년 전 미국을 다녀온 적이 있다. 미국 비자를 받기 위해 대사관 앞에서 몇 시간 줄서서 기다렸다가 고작 한두 마디 인터뷰하고 비자를 받았는데, 이때 경험이 썩 유쾌하지는 않았다. 게다가 미국 공항에서 직원이 가방을 봐야 한다고 해서 가방 속을 풀어 헤쳤었다.

당시 고추장을 가지고 갔는데, 그 고추장을 본 직원은 나를 마치 마약 사범인 것처럼 쳐다보았다. 한참 후에 마무리는 되었지만, '내가 이런 나라에 뭣 때문에 와서 이런 수모를 당하는가?' 싶어 화가 나기도 했고, 약소 국가 국민으로서의 모멸감도 느꼈다.

그때 이후로는 내 마음속에 미국은 '위선과 불평등으로 가득 찬 오만한 나라'로 인식되어 있었다.

그런데 몇 년 전 미국에서 최악의 총기 난사 사건이 있었는데, 이 사건을 지켜보면서 미국에 대한 편견이 조금은 사라졌다. 그 당시 이민 1.5세대 한국인이 버지니아 공대 학생들 32명을 총 하나로 저 세상에 보낸 슬픈 사건이었다.

한동안 나라 안팎으로 대서특필되었고, 한국에서도 좌불안석이었던 것으로 기억된다. 얼마 후 버지니아 공대에 희생자를 위한 추모 제단에 추모석이 세워졌다.

당시 추모석 부근에 희생자를 위한 위로 글이 많이 있었다. 그런데 의외의 추모 글이 있었다. 한국인 조승희 추모석 옆에 그를 용서하는 애도 글이 더러 있었던 것이다. 또한 버지니아 공대 한 졸업생의 이런 인터뷰 내용이 있었다.

"어렵겠지만 이겨내야죠. 조승희에 대한 증오심은 아무런 도움이 되지 않습니다." 한 추모 글에는 "조승희 씨도 동문이고, 우리는 용서합니다. 가족들에게도 위로의 말을 전합니다."

내가 감동받은 추모 글은 다음 내용이다.

"I feel bad in knowing that you did not get help that you so desperately needed. I hope in time that your family will find comfort and healing. God bless."

"네가 그토록 원하던 도움을 얻지 못했다는 것을 알고 슬펐단다. 머지않아 너의 가족이 평온과 치유를 찾을 수 있기를. 하나님의 축복이 있기를"

이 내용을 읽으면서 '만약 이런 일이 한국에서 발생했다면, 과연 한국인들은 가해자를 용서할 수 있을까?'라는 생각을 해보았다.

인종적 편견 없이 진정한 인간애를 보여준 추모 글의 작성자에게 고마움을 느낄 수밖에 없었다.

물론 미국인이 모두 그렇지는 않겠지만 이민자들의 서러움과 아픔을 이해하고 용서한다는 점 때문에 마음이 한결 따뜻해진다.

용서 명상 2

용서라는 이름으로…

누군가로부터 상처를 받았을 때, 그 마음을 치유하지 않으면 언젠가는 육신의 병으로 전이되며, 그 육신의 병은 또 다른 병으로 옮겨가고, 그 병든 몸으로 인해 마음까지 힘겨워진다.

곧 용서하지 못하면 마음에 심한 스트레스와 함께 육신에는 병이 동시에 찾아오는 법이다.

《잡아함경》에는 "두 번째 화살을 맞지 말라."라고 하는 말씀이 있다.

"중생들은 고통스런 일을 당하면 목숨을 잃을 정도로
슬퍼하고 원망하며 울부짖는다.

비유하자면 몸에 두 번째의 독화살을 맞고 아주 고통스러워하는 것과 같다.

즉 무지한 범부들은 몸의 느낌과 마음의 느낌,

이 두 가지 느낌을 더욱 증장시켜 고통스러워한다."

현대인들에게 치명적인 암은 유전적인 경향도 있지만 마음에 좋지 않은 것들이 쌓여 암 덩어리를 형성한다고 한다.

옛 어른들이 말하는 화병인 것이다. 대체로 사람들은 원한의 감정을 마음에서 버리려 하기보다는 보복하려고 한다.

그래서 우리가 앓고 있는 우울증의 상당 부분은 용서하지 않으려는 마음과 용서하지 못한 데서 생겨난 부산물인 것이다.

어쨌든 여러 경향들을 살펴볼 때, 살아가는 데 있어 사랑보다 용서가 더 필요한 것이라고 생각된다. 용서함을 '남을 사랑하기 위한…', '도덕적으로 남을 미워해서는 안 되는…' 등 낯간지러운 언구로 포장하고 싶지는 않다. 솔직히 말해서 용서란 상대방보다 그대 자신에게 더 필요한 것임을 밝혀두고 싶다.

그런데 그 반대로, 남을 용서해야 할 일도 있지만 그대가 남에게 용서받아야 할 일도 똑같이 가지고 있다는 점이다. 곧 한 인간에게는 두 가지 양립성이 존재한다는 사실이다.

이 점을 피부로 느끼지 못하는 것은 모든 사람이 이기적인 성향이 있어 자신이 남에게 상처받은 것만 기억하지, 자신이 남에게 상처 준 것은 생각하지 못하기 때문이다. 그러다 보니 자신은 늘 피해자라고만 생각하지 자신이 가해자라는 생각은 하지 못하고 있다. 그대가 남에게 피해준 것에 용서받기를 바라듯이 남을 용서하는 관용을 가져보라.

고슴도치는 동물 중에서 털이 날카롭고 뾰족하기로 유명하다. 고슴도치 두 마리가 붙어 있으면, 털 때문에 서로에게 피해를 준다. 그런데 그 고슴도치들은 상대방의 털 때문에 스트레스를 받는다. 자신의 털이 상대방을 찌른다고는 생각하지 못한다는 뜻이다.

인간도 바로 이와 같다.

이에 우리 모두는 피해자이자 동시에 가해자이다. 이 점을 상기하면, 잘못의 화살을 타인에게 돌리지는 않을 것이다. 그러니 '용서'라는 주제로 치유를 해보자.

첫째, 명상을 통해서 먼저 나 자신이 어떤 존재인지를 제대로 파악하고, 다른 사람을 용서하는 일이다.

자신을 깊이 들여다보면 타인을 이해할 수 있다. 이로서 서로의 마음이 하나임을 알게 된다. 사람마다 살아온 경험이 다르지만 마음과 감정, 생각의 본질은 같은 것이다.

마음의 문을 열고, 상대를 사랑하고 용서하는 것이야말로 자신의 번뇌를 덜어낼 수 있는 기회가 된다.

미얀마 우 조티카(U Jotika, 1947~) 스님의 수필집 《여름에 내린 눈》에 이런 말이 있다.

용서하는 것은 이해하는 것,

용서를 통해 자유를 얻는다네.

당신이 누군가를 용서할 수 없을 때,

당신은 늘 번뇌에 매여 있다네.

당신이 무아無我를 보면, 용서할 당신조차 없다네.

둘째, 인간은 자신에게는 관대하고 남에게는 비판을 가한다. 자신이 한 일은 옳은 것이요, 자신의 생각이나 주장은 보편타당한 것으로 생각한다. 반면 다른 사람의 일에 대해서는 편견과 부정적인 시각을 가진다. 바로 이 점이다.

어떤 사람이 자신에게 실수했을 때, 자신의 관점으로 상대방을 보지 말고, 객관적인 관점을 가지고 상대방 입장에서 생각해야 한다.

'그 상황에서 그 사람이 그럴 수밖에 없었겠구나.', '그럴 수도 있지.', '나도 그럴 때도 있는데…'라고 생각을 전환해보라.

셋째, 자신의 마음 밑바닥 깊숙이 있는 상처를 적나라하게 떠올린다. 자꾸 덮는다고 덮어지는 게 아니다.

부모의 이혼으로 받은 상처도 있을 수 있고, 형제간 갈등으로 생긴 오해가 있을 수 있으며, 여성들의 경우 성폭행이나 성희롱을 당한 경험이 있을 수 있고, 상대방과 만나지는 않지만 자신의 무의식 속에 깊은 상처가 박혀있을 수 있다.

솔직히 지난 과거의 분노나 화를 떠올리면 고통스러워지는 것이 사실이다. 그러나 곪아 있는 것보다 바늘로 찔러 터뜨려야 상처가 빨리 치료될 수 있다. 즉 가슴에 담아둘 필요는 없는 것이다. 이렇게 고통받았던 상처들을 '용서'라는 이름으로 드러낼 때, 그대의 마음은 한결 가벼워진다.

프레드 러스킨(미국 스탠퍼드 의대 교수)은 '용서'에 대해서 이런 말을 했다.

"그 어느 누구에게도,
과거가 현재를 가두는 감옥이어서는 안 된다.
과거를 바꿀 수는 없으므로,
우리는 어떻게 해서든
과거의 아픈 기억을 해소할 길을 찾아보아야 한다.
용서는 과거를 받아들이면서도 미래를 향해 움직일 수 있도록
감옥 문의 열쇠를 우리 손에 쥐어준다.
용서하고 나면, 두려워 할 일이 적어진다."

그러면 용서 명상을 다음과 같이 해보기로 하자.

첫 번째, 먼저 세 단계를 염두에 둔다.
① 눈을 감는다. 아니면 눈을 떠도 된다.

머리에서부터 발밑까지 마음을 물 흐르듯이 내려 본다.

② 자신의 얼굴을 확인한다.

자신이 웃는 얼굴을 하고 있는지, 찌푸린 얼굴을 하고 있는지 확인해 본다.

확인해 본 뒤 미소 띤 얼굴로 바꾼다.

환한 얼굴로 바꾸면 마음도 동시에 평온해지기 때문이다.

③ 명상하고 있는 현재 이 순간을 행복하다고 느낀다.

두 번째, 그대에게 상처 주었던 최근의 일이나 잠재의식 속에 품고 있는 상처와 고통스러웠던 일을 떠올린다. 단 억지로 하지 말고, 마음속에서 자연스럽게 우러나오도록 기다려준다.

세 번째, 상처받았던 상황이나 그 상처에 대한 모든 것을 있는 그대로 관찰한다 (바라본다).

네 번째, 상대방과 자신의 위치를 바꾸어 본다(易地思之). 그런 뒤 자신과 상대방, 그 당시의 상황, 세 가지를 객관적인 입장에서 관조해 본다.

이렇게 용서 명상을 하다 보면 용서할 자와 용서받을 자도 사라지고, 상처받았던 것까지도 결국 텅 빈 무아無我임을 발견할 수 있을 것이다. 하지만 말처럼 쉽지 않다. 바로 이런 때는 그대의 가슴에 손을 얹고 잠시 기다리는 것도 어떨까 싶은데….

앞에서도 언급했지만 그대를 위해서라도 상대방에 대한 용서를 시도해 보자. 용서를 하지 못하면, 그대는 인생의 회용돌이 속에 점점 휘

말릴 수 있다.

그대가 누군가를 용서하면, 그대가 용서한 당사자가 아닐지라도 그대도 어느 누군가로부터 용서받을 수 있고, 사랑받을 수 있을 것이다.

> 누가 오른쪽 뺨을 치거든 왼쪽 뺨마저 돌려 대주고,
>
> 내 겉옷을 빼앗는 자에게 속옷도 주어라.
>
> 무릇 네게 구하는 사람에게 (무엇이든) 줄 것이며,
>
> 네 것을 가져가는 사람에게 다시 달라고 하지 말라.
>
> 또한 남에게 대접받고자 하는 대로 너희도 남을 대접하라.
>
> ─《마태복음》

용서 명상 3

우리는 왜 서로를 용서해야 하는가?

불교의 기본 교리 가운데 인연설과 업보가 있다. 인연설과 업보라는 불교적 인생관이 용서와 어떤 관련이 있겠는가?

빨리어 《법구경》(거해 스님 편역)에 이런 내용이 전한다.

부처님 재세 시 사위성에 아이를 가질 수 없는 여인이 있었다.

이 여인은 남편 집안의 대가 끊어질 것을 염려해 남편에게 둘째 부인을 얻어 주었다. 한 남편에 두 아내가 한 집에 산 것이다.

그런데 막상 둘째 부인이 임신을 하자, 첫째 부인은 불안해지기 시작했다. 둘째 부인이 아기를 낳으면 자신은 이 집에서 거의 하인이나 다름없이 살아갈지도 모른다고 생각하며 걱정이 점점 커져갔다. 급기야 첫째 부인은 갖은 방법을 동원해 둘째 부인의 아기를 유산시켰다.

얼마 후, 둘째 부인이 또 임신을 하였는데, 이번에도 첫째 부인이 사악한 계교를 부려 아기가 유산되었다. 몇 년 후 둘째 부인이 아기를 낳다가 아기와 함께 죽었다.

산모는 첫 부인에게 복수를 다짐하면서 죽었다.

둘째 부인의 장례를 치르는 날, 남편은 첫째 부인의 소행으로 두 아기가 유산되고, 세번째 아기와 둘째 부인이 죽은 것을 알게 되었다. 너무 화가 난 남편이 첫째 부인을 구타했는데, 그녀는 결국 맞아 죽었다.

이렇게 원한으로 얽힌 두 여인은 다음 생에 한 집안에 태어났는데, 첫째 부인은 암탉이 되고, 둘째 부인은 고양이가 되었다.

암탉이 알을 낳기만 하면, 고양이가 와서 먹었고, 결국 암탉까지 잡아먹었다. 암탉은 죽어가면서 깊은 원한을 품었다.

다음 생에 암탉은 표범이 되었으며, 고양이는 사슴으로 태어났다. 이번에는 표범이 사슴의 새끼를 잡아먹었다.

사슴은 깊은 원한을 품고 죽어 귀신으로 태어났고, 표범은 평범한 여자로 태어났다. 여자가 장성해 결혼하여 아기를 낳았는데, 귀신이 나타나 아기를 데려가 죽였다. 여자의 둘째 아기까지 귀신에게 죽음을 당했다. 셋째 아기가 태어났을 때, 여인은 귀신을 피해 아기를 안고 도망쳤다.

아기를 안고 도망치던 산모가 마침 부처님께서 법문하고 계시던 기원정사 안으로 들어갔다.

부처님께서 산모와 귀신의 전생 인연을 알고, 둘을 불러 "과거 전생에 서로를 죽이는 원한으로 생을 반복하며 보복하고 있다."라고 말씀하셨다.

"이렇게 생을 거듭하며 서로가 서로를 원망하기 때문에 악순환이 반복되는 것이다. 그러니 악순환의 원망을 쉬어야 한다."

부처님께서 거듭 게송으로 말씀하셨다.

"원한을 원한으로 되갚는다고 해서
맺힌 원한이 풀어지는 것은 아니다.
오직 용서만이 매듭을 풀 수 있다."
―《법구경 #05》

"그가 '나를 욕하고 꾸짖었다, 나를 때렸다, 나를 굴복시켰다.'
라고 증오심을 품고 있으면
그 원한은 끝내 사라지지 않는다."
―《법구경 #03》

나는 용서에 관한 일반 철학자의 책도 간간히 읽는데, 그저 머리로만 끄덕일 뿐 '왜 세상의 모든 존재들은 서로를 용서해야 하는가?'에 대해 가슴으로 받아들여지지 않았다. 그런데 왜 용서해야 하는지를 불교

경전 속에서 명확하게 인식할 수 있었다.

불교 신자가 아닌 분들은 순환적 세계관(전생·현생·후생)에 담긴 교훈적인 메시지로 받아들였으면 한다. 꼭 전생, 현생이라고 하지 않더라도 우리의 현재 삶 속에서 증명되는 진리라고 생각한다.

원한을 품고 있거나 원망하는 마음은 이번 생만이 아닌 다음 생까지 연결됨이요, 생을 반복하면서 불행이 거듭된다는 점이다. 우리가 서로의 인연을 알 수 있는 숙명통이 열리지 않아 전생을 볼 수 없지만, 적어도 이성을 가진 존재이니 용서는 할 수 있지 않겠는가?

용서를 통해 악순환의 연결 고리를 끊어야 한다. 용서를 통해 생을 아름답게 회향한 분들이 있다.

바로 목련 존자와 티벳의 성자 밀라레빠(Milarepa, 1052~1135)이다.

밀라레빠는 동시대의 수행자였던 찌뿌와의 시기질투로 괴롭힘을 당했다. 마침내 찌뿌와는 여인을 시켜 독이 든 우유를 밀라레빠에게 공물로 바치게 하였다. 밀라레빠는 미소를 지으며 독이 든 우유를 받아 마시고 말했다.

"약속받은 보석은 손에 넣었는가? 나는 원한으로 그대에게 앙갚음을 하지 않는다. 나는 그대를 가엾이 여기노라. 내 수명은 다 되었고, 내가 해야 할 일도 다 마쳤다.

그대와 찌뿌와가 이번일로 깊이 참회하고 수행에 전념하기만을 바랄 뿐이다.

내가 지금 그대들을 구원하지 않는다면, 업보로 그대들은 미래세에 지옥에 떨어질 것이다. 그러므로 나는 그대의 공양물을 수락하였노라."

밀라레빠는 이 우유로 병을 얻어 열반했는데, 악순환의 고리를 만들지 않기 위해 용서했던 것이다. 다음은 신통제일 목련 존자 이야기다.

목련(Moggallāna)은 불교 교단이 외도들에게 저해받을 때마다 신통력으로 보호하였다. 바로 이 때문에 목련은 외도들의 미움을 사고 있었다. 그래서 몇 번의 죽을 고비를 신통력으로 피하였으나 세 번째 위협에 목련은 결코 피하지 않았다.

어느 날 외도들이 목련이 탁발하는 모습을 보고 수군거렸다.

"저 사람은 사문 고타마의 제자 가운데 신통력이 가장 뛰어난 사람이다. 우리의 세력 확장을 방해하는 중요 인물이다. 저 사람을 죽이자."

그들은 순식간에 목련을 둘러싸 땅바닥에 내동댕이 친 뒤, 목련에게 돌과 기왓장을 던졌다. 목련은 피를 흘리며 온 몸을 가눌 수 없을 만큼 맞았다. 뼈와 살이 다 문드러지는 고통이었다.

목련이 입적하기 바로 직전 사리불이 '왜 신통력으로 피하지 않았느냐?'고 묻자, 목련이 이렇게 답했다.

"아무리 내가 신통력이 뛰어나다고 하지만, 숙세부터 지은 두터운 업장의 과보는 피할 수 없었습니다. 업보로 받아들여 피하지 않은 것입니다."

목련 존자가 외도들의 폭력으로 열반에 들자, 사문들이 화가 나서 우리도 그들에게 앙갚음을 해야 한다며, 부처님께 아뢰었다.

부처님께서 비구들을 타이르며 말씀하셨다.

"너희들은 아직도 삶의 진리를 체득하지 못했구나. 육체는 무상하고 업보는 끝이 없나니 원한을 원한으로 갚지 말라. 이것은 목련이 바라는 바가 아니다. 내가 한 밤중 선정에 들어 죽은 목련을 만났는데, 그는 어떤 슬픔도 원망도 없이 편안하게 열반에 들었다. 깨달은 자에게는 삶과 죽음이 여일如—하며, 삶과 죽음은 흐르는 강물처럼 아무런 의미가 없는 법이다. 목련은 우리에게 그것을 가르쳐 주었다."

참회 명상 1

저의 그릇된 행위를 참회합니다

사람이 만약 많은 허물을 가지고 있으면서

스스로 그 마음을 뉘우치지 않으면

냇물이 바다로 들어가 점점 깊어지고 넓어지는 것처럼,

모든 허물(業報)이 결국 자신에게 돌아간다.

그러나 만약 자신에게 허물이 있음을 알고 뉘우쳐

자신의 그릇됨을 스스로 고쳐 선행善行을 한다면

죄업은 자연히 스스로 소멸된다.

《사십이장경》에 전하는 내용이다. 인간은 살아가면서 누구나 나쁜 행동을 하게 된다. 이것을 불교에서는 업을 짓는다고 한다. 어떤 때는 '살아있는 것 자체가 늘 업을 쌓는다.'는 생각이 들 정도이다. 그렇다고 생명을 끊고 죽어야 한다는 것이 아니다.

인간이 자신에게 주어진 생명만큼 최선을 다하는 것도 인생이다. 하여튼 인간이기 때문에 나쁜 짓을 할 수 있는 것이고, 인간이기 때문에 자신의 그릇된 행동에 괴로워한다.

인간은 완성된 부처가 아니기 때문에 시행착오 속에서 자신의 인격을 완성해나가는 것, 이것이 삶의 최선이라고 본다. 나쁜 행동은 자신이 알고 하는 때도 있지만 자신도 모르는 사이에 남에게 폐해를 끼칠 수도 있다. 무심코 던진 한 마디가 사람을 죽일 수도 있고, 무심코 한 행동이 어떤 중생에게는 생사가 걸린 문제가 될 수 있다는 것이다.

철부지적 행동으로 괴로워하다가 출가한 스님이 있는데, 바로 진표 스님이다.

8세기 중반 활동했던 진표眞表 스님은 한국 불교 미륵 신앙의 기초를 마련한 분이다. 미륵 신앙은 민중들의 염원이 담긴 신앙으로, 나라가 어지럽고 혼란스러울 때마다 등장한 구원 사상이나 다름없다. 진표는 출가 전의 과오 때문인지 민중들의 바람대로 중생들 편에 서서 불법을 펼쳤으며 자비를 베풀었다.

진표 스님은 완산주(현 전주) 만경면 대정리에서 어부의 아들로 태어났다. 진표가 11세 되던 봄날, 친구들과 놀면서 개구리 10마리를 잡아

끈에 꿰어 물속에 담가 두고, 그 사실을 잊은 채 집에 돌아왔다. 다음 해 봄, 소년이 산에 갔다가 개구리 10마리가 죽지 않고 살아있음을 본 순간, 큰 충격을 받았다. 자신의 잔인한 행동 때문에 견딜 수가 없었다. 어린 진표는 그 자리에서 참회하고 개구리를 풀어준 뒤, 출가를 결심했다. 또 진표 스님과 비슷하게 자신의 그릇된 행동을 참회하기 위해 출가한 이로는 혜통惠通 스님이 있다.

혜통 스님은 경주 출신으로 출가 전에는 사냥꾼이었다.

그는 바닷가에 나갔다가 어미 수달 한 마리를 보고, 활을 쏘아 잡았다. 그는 수달의 껍질을 벗기고 창자와 뼈는 산기슭에 던졌다. 다음 날 수달의 창자와 뼈를 버린 곳에 가보았으나 창자와 뼈는 보이지 않고 그 부근에 핏자국이 있어 핏자국을 따라 동굴 속으로 들어갔다.

그런데 놀랍게도 동굴에는 껍질이 벗겨지고 뼈 밖에 없는 어미 수달이 다섯 마리 새끼를 꼭 껴안고 있는 모습을 보았다. 혜통은 짐승의 모정에 감명받고 동시에 깊이 참회하였다.

혜통은 살생한 죄업을 참회하는 마음으로 출가하였다. 혜통이 얼마나 열심히 수행했는지 후세 사람들은 그를 살아있는 부처(生佛)라고 불렀다.

진표와 혜통은 이렇게 중생을 괴롭힌 죄책감에 출가한 이들이다. 그런데 많은 사람들이 그릇된 행동을 하고도 참회할 생각을 하지 않는다. 아니 자신이 지은 나쁜 행위(業)를 했다는 것조차 느끼지 못하는 이들도 있으며, 어떤 이는 자신의 잘못된 행위를 합리화한다. 바로 자신의 합리

화가 더 무서운 것인데, 이것을 어리석다고 하는 것이다.

출가한 스님들도 나쁜 행동을 할 수 있다. 그래서 승가에서도 자신의 과오를 참회하는 의식이 있다. 이 참회의식은 부처님 재세 시부터 있었던 것으로 포살布薩과 자자自恣이다. 미얀마에서 1년가량 머물 때, 미얀마 스님들이 철저하게 포살하는 것을 보았다. 대중적인 포살의식도 있지만, 도량에서 스님들 2~3명끼리 옹기종기 쪼그리고 앉아서 머리를 맞대고 참회하는 포살도 있다.

포살은 매월 15일과 그믐날에 승려들이 한곳에 모여 지난 보름간의 생활을 반성하는 의식이다. 모임 가운데 상좌 자리에 있는 스님이 차례로 번갈아가면서 계율의 항목(바라제목차)을 읽어 내려가면, 보름 동안 계율에 어긋난 행동을 했는지 반성해보고, 어긋난 행동을 했을 경우에 대중 앞에 일어나 고백하고 참회하는 의식이다.

포살이 범계를 스스로 반성하는 의식이라면, 자자는 한층 더 적극적이다. 자자는 90일간의 안거가 끝나는 마지막 날 밤에 대중들이 한곳에 모여 안거 기간 동안 계율을 어긴 것에 대해 서로 지적해주는 것이다. 즉 어떤 스님이 계율에 어긋난 행동을 하고서도 그 자신이 모를 경우에 대중 스님들이 그 스님을 지목해 잘못된 행동을 지적하는 제도이다.

부처님께서도 제자들에게 당신의 잘못된 행위를 지적해 달라는 말씀까지 하셨을 만큼, 죄업에 대한 참회는 부처님 재세 시에도 행해지고 있었다.

참회 명상 2

그릇된 행위를 반성하고, 미래의 행위를 관조해보는 것

누구나 인간이기 때문에 죄를 지을 수 있고, 잘못된 행위를 반성하는 것이 중요한데, 이것이 바로 참회이다. 그러면 불교 경전에서 말하는 참회는 어떤 것인가 살펴보자.

인간은 누구나 행동으로 나쁜 짓을 하기도 하고, 입으로 악담이나 거짓말을 하며, 마음속으로 나쁜 생각을 한다. 이렇게 신身·구口·의意 3업으로 지은 나쁜 행위들을 반성하고 새로운 사람으로 태어나겠다는 맹세가 참회懺悔이다. 참懺은 스스로 뉘우쳐 용서를 비는 일이요, 회悔는 과거의 죄를 뉘우치고 부처님과 대중 앞에 고백하는 것이다.

《화엄경》〈보현행원품〉에도 보현보살의 10가지 행원行願 가운데 네 번째가 업장참회이다. 그만큼 불교에서는 자신이 오래전부터 알게 모르게 지은 죄업을 참회하는 일이 첫 번째 수행 요건이라고 할 수 있다.《사십이장경》도 개인적인 수행을 중심으로 하지만, 참회하고 선업을 행하는 대승적인 보살행을 강조하고 있다.

중국의 선사들도 깊은 선정 삼매에 들기 전에 참회하는 의식을 중시하였다. 당나라 사천성에서 활동했던 신라 출신 무상無相(684~762) 대사는 대중을 교화할 때, 수계를 주며 참회 의식을 행하였다. 또 당나라 신수神秀(606~706) 스님도 사홍서원, 삼귀의, 참회 순서로 이어지는 보살계 수계의식을 실행하였다.

육조 혜능(638~713) 스님은《육조단경》에서 '참懺은 이제까지 지었던 허물을 반성하는 것이요, 회悔는 앞으로 지을 죄를 미리 살펴보는 것'이라고 하였다. 즉 참회는 그릇된 행위를 자각하고 반성[懺]하면서 앞으로 자신의 행위를 미리 관조해보는 것[悔]이다. 필자는 바로 혜능 스님의 법문을 참고해 참회 명상하는 방법을 착안했다.

첫 번째, 인간으로서 그릇된 행위를 할 수 있지만, 반드시 참회하는 이치를 알아야 한다. 지금 현재의 삶이 괴롭고 힘들다면 주위 사람들의 탓이 아니다. 지금의 삶은 지난날의 생각과 행동이 현실에 반영되어 현재 나타난 결과물이다. 자신의 현생은 바로 자신이 지어놓은 과거생의 결과이다. 여기서 한발 더 나아가 현재의 행하는 업은 또한 미래 생의 원인이 된다. 초기 경전에는 이런 내용이 있다.

> 전생의 일을 알고자 하는가.
>
> 지금 받고 있는 업이 이것이다.
>
> 다음 생의 일을 알고자 하는가.
>
> 지금 짓고 있는 행위가 다음 생의 과보이다.[9]

과거에 지은 죄업도 있고, 현재에도 악한 행동으로 업을 쌓고 있지만 그것에 연연할 필요는 없다. 순간순간의 의지가 중요한 것이다. 진정한 참회가 필요하며, 이 참회 명상을 통해서 얼마든지 자신의 업을 바꿀 수 있다는 점을 명심해 두자.

두 번째, 대중과 함께 한다면 대중 앞에 자신의 그릇된 행동에 대해 고백한다. 혼자라면 수첩에 참회한 내용을 메모해 본다. 그렇지 않으면 고요히 마음을 가라앉히고 부처님이 계신 쪽을 향해서 소리 내어 죄업을 고백한다. 이렇게 직접 소리를 통해 밖으로 드러내는 일이 중요한데, 자신의 잘못되었음을 자각하는 효과가 있다.

세 번째, 명상을 하면서 그 사실을 객관적으로 깊이 통찰해본다. 즉 사실 그대로, 있는 그대로 자신의 행과 자신에 대해 담담히 받아들여 명상하는 것이다. 자신을 바라보면 자만심이나 이상을 줄일 수 있는 계기가 된다.

---

9 欲知前生事 今生受者是 欲知來生事 今生作者是

네 번째, 관조觀照가 끝났으면 자신이 저질렀던 악한 행위를 앞으로는 하지 않겠다는 서원을 세운다.

여기서 끝날 수도 있고, 조금 더 진보적인 명상을 하고 싶다면, 그 다음 단계에서 이렇게 해보라. '선과 악을 일으키고 있는 그 근본 마음 자리란 무엇인가'를 화두로 삼아 명상해본다. 수행의 완성이 깨달음을 밖에서 새롭게 구하는 것이 아니라 자신 안에 내재된 본성을 발견하는 것이므로, 악한 행위가 일어난 자리를 화두로 삼는 것도 수행의 한 방편이 아닐까 싶다.

《천수경》에서도 "죄라고 하는 것은 근본 성품이 없이 단지 마음으로부터 일어난 것이니, 그 마음이 멸하면 죄업도 사라진다. 죄업이 없어지고 죄를 지었다는 마음까지 사라진 텅 빈 공空이어야 참다운 참회"라고 하였다(罪無自性從心起 心若滅是罪亦亡 罪亡心滅兩俱空 是則名爲眞懺悔). 여기서 마음이 사라진다는 것은 바로 자신이 죄를 지었다는 죄업에 대한 두려움이나 고통스런 생각을 없애라는 것이다.

참회는 인간으로서 잘못된 행동을 반성하고 좀 더 나은 삶으로 발돋움하는 아름다운 행위요, 종교인으로서도 제일 먼저 행해야 할 기도요, 수행이다. 여기에 명상을 결부한다면 이보다 더 좋은 최선의 공부가 어디 있을까?

죽음 명상

저 하늘을 바라볼 수 있으니 얼마나 행복한 일인가!

"'저 죽은 시체도 얼마 전까지 살아있던 사람으로서,

현 내 육체와 같았을 것이다.

현재 살아 있는 이 몸도 언젠가는 저 시체와 똑같이 될 것이다.'

라고 알고, 안팎으로 관조觀照하여 몸에 대한 욕망을 버려야 한다."

―《숫타니파타》

오후 강의가 있는 날은 집에서 수업 2시간 전에 자동차로 출발한다. 11시쯤이면, 성산대교를 지나 강변북로로 들어선다. 요즘은 맑고 청아한 가을 날씨인지라, 푸른 하늘을 배경으로 저 멀리 북한산이 보이고,

강변북로 오른편은 서울의 상징인 한강의 푸른 강물이 넘실거린다. 강변북로에 차량이 많을 때는 빨리 학교에 도착하려는 조바심을 내지 않고 푸른 하늘과 파란 강물에 마음을 싣는다.

내 앞에 펼쳐진 푸른 하늘과 유유히 흐르는 강물을 바라보며, 삶이 무엇인지, 이 삶의 저편에 대해 생각해본다.

'감사하다!'

내가 지금 살아 숨 쉬고 있으니, 저 푸른 하늘의 아름다움을 볼 수 있고 느낄 수 있는 것이 아닌가!

어제 죽어가던 사람이 하루만이라도 더 살고 싶었던 그 내일을 나는 오늘 버젓이 살아 숨 쉬고, 자연을 감상할 수 있으니 이 어찌 감사한 일이 아니겠는가?! 여기서 더 이상 무엇을 바랄 것인가? 저 푸른 하늘을 바라보고, 햇빛을 받으며 어딘가로 갈 수 있다는 것, 살아서 모든 존재를 볼 수 있다는 것이 내게는 큰 행운이며 행복이다. 근래 들어 부쩍 이런 생각을 자주 하며 학교를 향해 간다.

한 달 전에 학생들에게 부여한 과제를 이메일로 받고 있다. 여러 개를 동시에 내어 한 개를 선택하도록 만드는데, 그 가운데 하나는 '현대인들에게 소중한 가치의식이 무엇이며, 명상과 관련지어 자신을 관조해보라.'이다. 분량은 정해주지 않고, 자신이 소신껏 써보라고 하였다. 어제 저녁 과제물 가운데 마음을 숙연케 한 내용이 있었다. 다음은 신문방송학과 4학년 여학생이 쓴 내용인데, 일부분만 소개한다.

추석 연휴 중 학교 선배로부터 갑작스런 비보를 접했다. 동아리 선배가 지난 일요일 새벽, 고향 경주에서 화재로 세상을 떠난 것이었다. 항상 밝게 웃던 선배의 얼굴이 떠올라 믿기지가 않았다. 하루 종일 아무 일도 할 수 없었고, 밤새 잠을 이룰 수가 없었다. 결국 추석 연휴가 끝난 월요일 아침, '마지막으로 선배를 보아야지' 하는 마음으로 경주로 문상을 떠났다. 장가도 안 간 외아들을 잃고 슬퍼하는 선배의 부모님을 뵙고 난 후 돌아오는 내내 착잡하고 슬펐다. 현대의 바쁜 일상 속에서 우리들은 자신에 대해 많은 생각을 하지 않는다. 위의 선배처럼, 언제, 어디서, 어떻게 인생을 마감하는 순간이 다가올지 우리는 알 수 없다. 그래서 하루하루를 참 소중하게 보내야겠다는 생각을 했다. 어떤 후회를 했는지, 어떤 다짐을 하고 살아가는지, 행복했는지… 하루를 돌아보며 내 자신을 살펴볼 명상 시간이 필요한 것 같다. 이는 '깊이 있는 삶의 지름길'이고, 인생의 소중한 날들을 가치 있고 후회 없이 보내기 위한 방법으로 명상을 해야겠다.

《숫타니파타》에서는 "젊은 사람이든 노인이든 모든 사람은 죽음을 피할 길이 없다. 살아있는 모든 존재는 반드시 죽게 되어 있다. 죽어서 저 세상에 가는 사람을 부모도 자식도 친척 그 어느 누구도 구원해주지 못한다. 모든 이들이 하나씩 하나씩 도살장으로 끌려가는 소처럼 사라진다."라고 하였다. 태어남에는 순서가 있다지만 죽음 앞에는 노소가 없다고 하더니, 맞는 모양이다.

우리 중생이 종교를 찾는 가장 큰 이유는 죽음에 대한 두려움 때문이라고 생각한다. 석가모니 부처님께서는 생사生死를 해결하고자 출가하셨다. 생이 고통임은 명확한 사실이지만 우리가 깊이 인식하지 못하기 때문에 두려움에서 배제되고, 죽음이 관심사이다.

애플사 창립자이자 전 CEO인 스티브 잡스(Steve Jobs, 1955~2011)가 살아생전 연설한 내용 중에 이런 말이 있었다. "17세 때, 죽음에 관한 명언을 접하고 난 후 30여 년이 넘도록, 인생에서 큰 결단을 내려야 할 경우, '곧 죽는다'는 것을 인식하는 도구로 삼았다." 그의 연설을 몇 줄만 더 인용해 보기로 하자. "저는 암에 걸려 있습니다. 여러분도 언젠가는 죽을 것입니다. 그러니 다른 사람의 인생을 사느라 자기 삶을 허비하지 마십시오. 다른 사람의 생각에 맞춰 자신의 인생을 설계하지 마십시오." 잡스의 말 속에서 삶이 매우 소중하다는 것을 느꼈을 것이다. 직접 죽음과 싸웠던 잡스였으니 삶이 얼마나 간절했겠는가!

나는 현대의 위빠사나 스승 가운데 태국의 아짠차(Ajahn Chan, 1918~1991) 선사를 존경한다. 이 아짠차는 병들어 쇠잔해 가는 아버지의 모습과 죽음을 지켜보았는데, 이 경험은 스님에게 매우 깊은 영향을 주었다. 부친의 죽음을 계기로 아짠차는 더욱 굳게 발심하게 되었다. 훗날 제자들에게 이런 말을 하였다. "죽음을 이해하지 못하면 삶이 무엇인지를 제대로 알기 어렵다."

위빠사나를 위한 예비 단계 수행으로서 네 가지 명상이 있다. 이를 '4보호 명상'[10]이라고 하는데, 수행자가 장애와 위험에 빠지지 않도록 보호하는 명상법이라고 정의할 수 있다. 이 가운데 '확실하고 피할 수 없는 죽음에 대한 숙고(maraṇa-nussati)'가 있다. 즉 지금은 내가 이렇게 살아 있지만, 내일 당장 이 목숨이 끊어질 수 있다고 죽음을 숙고하는 명상이다.

이와 같이 부처님 재세 시나 현재 남방 불교에서는 죽음을 숙고하기 위해 묘지에서 시체를 관하기도 하고, 죽음 자체를 명상하기도 한다. 이런 수행만큼은 아닐지라도 바쁜 현대인으로서 죽음에 대해 명상해보고, 삶의 소중함을 인식해 보자.

구체적인 순서는 다음과 같다.

> 첫 번째, 먼저 세 단계를 염두에 둔다. 가능하면 이 명상만큼은 누워서 해보자.
> ① 눈을 감는다. 아니면 눈을 떠도 된다.
> 　머리에서부터 발밑까지 마음을 물 흐르듯이 내려 본다.
> ② 자신의 얼굴을 확인한다.
> 　자신이 웃는 얼굴을 하고 있는지, 찌푸린 얼굴을 하고 있는지 확인해 본다.

---

10 부처님의 덕성에 대한 숙고, 자애관·부정관·죽음에 대한 숙고이다. 이 네 가지를 2~3분 동안 하고 난 후 본 수행인 위빠사나 수행으로 들어간다. 첫째, 부처님의 덕성을 숙고[Buddhā-nussati 붓다누사띠, 佛隨念]하는 것이다. 둘째, 자애관[mettā bhāvanā, 멧따 바와나]은 나와 더불어 모든 이들에게 사랑과 행복을 기원하는 수행이다. 셋째, 부정관[asubha bhāvanā 아수바 바와나]은 몸의 더럽고 혐오스러움을 관찰토록 하여 육체에 대한 탐욕을 끊기 위한 수행법이다.

확인해 본 뒤 미소 띤 얼굴로 바꾼다.

환한 얼굴로 바꾸면 마음도 동시에 평온해지기 때문이다.

③ 명상하고 있는 현재 이 순간을 행복하다고 느낀다.

두 번째, 자신이 죽어가고 있다는 상상을 한다. 6근이 점차 기능을 하지 못하고, 손과 발이 점점 식어가며 심장까지 다가와 박동이 멈춘다.

세 번째, 완전히 죽은 자신의 시체를 담담히 바라본다.

네 번째, 친척들과 지인들이 찾아와 당신의 죽음을 보고 애달파하지만 뒤돌아서는 순간, 당신을 잊어버린다는 사실을 놓치지 않아야 한다.

다섯 번째, 입관이 되고 화장터에서 화장된 후 한 줌의 재가 된 물체를 상상해본다.

바로 일어나지 말고, 잠시 상념한 채 담담히 자신을 들여다본다.

무엇이 내게 소중한 것이고, 살아 있는 삶이 어떤 의미인가를 명상해본다.

죽음 앞에 명예가 무슨 소용이 있고, 주머니가 없는 수의에 어찌 재물을 담을 수 있을 것이며, 사람에 대한 인연의 애착이 무슨 의미가 있겠는가?

지나친 탐욕심, 사람을 해하고 괴롭히면서까지 자신을 드러내고자 했던 옳지 못한 행위, 부정한 행위를 끊임없이 만들어내는 어리석음이 부질없음을 깨닫게 될 것이다.

이 죽음에 대한 숙고 명상이 삶의 의미를 업그레이드하는 소중한 시간이 되었으면 한다.

누워서 명상하기

세상에서 제일 편안하게 휴식하기

구한말, 경허 선사의 제자 가운데 혜월慧月 스님이 있었다. 이 혜월 스님은 무소유 정신과 자비 사상으로 중생을 보듬었던 일화를 남긴 분이다. 천진天眞 도인으로 불리었으며, 남들이 이해하지 못할 정도로 욕심이 없었다. 혜월 스님이 파계사에 머물고 있을 때, 송광사의 한 젊은 선객이 찾아왔다.

선객이 인사를 올리며 혜월 스님에게 말했다.

"참선을 배우고자 전라도에서 대구까지 왔습니다. 큰스님의 시절인연을 보고자 합니다."

"참선해서 무얼 하고자 하는가?"

"부처가 되고자 합니다."

"참선은 앉아서 하는 건가?, 서서 하는 건가?"

"앉아서 합니다."

"그놈의 부처는 다리 병신인 모양이지, 앉아만 있으니…."

몇 년 전 강의할 때만해도 선(禪)이란 행주좌와어묵동정 속에서 할 수 있다는 것을 설명하는데, 껄끄럽기도 하고 자신감이 없었다.

그런데 미얀마에서 수행하면서 어떤 행동을 하면서도 명상이 가능하며, 특히 누워서도 명상이 충분히 가능하다는 것을 확신할 수 있었다.

한번은 감기가 걸려 하루 종일 선방에 가지 못한 적이 있었다. 이때 누워서 1시간 정도 명상을 했는데, 마치 선방에서 좌선하는 것처럼 집중이 잘 되었다. 그 당시의 환희심은 몇 년이 흐른 지금도 그대로 느껴진다. 수행코자 하는 마음만 있다면 누워서든 서서든 걸을 때도 명상이 충분히 가능하다.

이렇게 어떤 행동을 할 때도 명상이 가능하다는 확신을 가지고 있던 차에 미국 의사 존 카밧진(Jon kabat-zinn)의 바디스캔(Bodyscan) 명상을 알게 되었다. 이에 카밧진의 바디스캔과 위빠사나 명상을 접목해 누워서 하는 명상을 시도해 보았다.

누워서 명상하기 전후의 마음 자세

첫 번째, '건강해져야지, 집중력을 키워야지, 마음을 편안케 해야지…' 등등 어떤 목적을 가지고 명상하지 말라. 목적의식이 있다면 명상이 제대로 되지 않는다. 단지 현재 이 순간, 이 순간이 인생의 최고이자 마지막이라는 긴장감을 갖는다.

두 번째, 명상 시작할 때와 중간 중간에 '자신이 현재 무엇을 하고 있는지' 마음의 자세나 느낌 등 마음가짐을 점검한다.

세 번째, 와선은 자신의 신체를 훑으면서 각 부위에 집중하는데, 어떤 신체 부위에 생각을 멈추고 다른 생각에 빠지지 말라. 또한 자신의 신체 부위에 어떤 선입견이나 편견을 갖지 말라.

네 번째, 그 신체 부위에 의식을 집중할 때, 오직 그 순간의 현재와 신체 부위에만 몰입한다. 신체 부위에 집중하다가 다른 생각이 들면, 그 생각은 '단지 스쳐지나가는 생각일 뿐'이라고 알아차림[sati]¹¹을 하고 다시 그 신체 부위로 돌아간다.

---

11 사띠(sati, 正念)는 빠알리어로 '잊지 않고 기억한다.'는 뜻이며, 발생하는 순간순간 몸과 마음을 사실대로 알고 관찰해서 기억함을 뜻한다. 영어에서는 mindfulness, observaion, awareness, watching bare attention 등 다양하게 표현된다. 한국에서는 마음챙김 · 알아차림 · 마음지킴 · 깨어있음 · 주시 · 관찰 · 마음 집중 · 주의 집중 · 하고 있는 그대로 지금 여기의 존재를 자각하면서 수동적 주의 집중, 주의 기울임 등 다양한 언어로 해석하고 있고, 지금도 논란이 되고 있다. 그러나 전반적으로 사띠는 '알아차림(sati)'이라는 의미로 가장 많이 쓰이고 있다.

누워서 명상하는 방법

① 누워서 간단한 스트레칭을 한다.

② (1) 눈을 감는다. 아니면 눈을 떠도 된다.

　　머리에서부터 발밑까지 마음을 물 흐르듯이 내려 본다.

　(2) 자신의 얼굴을 확인한다.

　　자신이 웃는 얼굴을 하고 있는지, 찌푸린 얼굴을 하고 있는지 확인해

　　본다.

　　확인해 본 뒤 미소 띤 얼굴로 바꾼다.

　　환한 얼굴로 바꾸면 마음도 동시에 평온해지기 때문이다.

　(3) 명상하고 있는 현재 이 순간을 행복하다고 느낀다.

③ 왼발의 엄지발가락부터 시작해서 두 번째 발가락, 발바닥, 발등, 발목, 무
　릎, 넓적다리, 골반까지 순서대로 사띠를 챙기며 순서대로 집중한다(꼭 집
　중이라기보다는 훑어간다는 의미) 왼발이 끝났으면 오른발도 발가락부터 골
　반까지 집중한다.

④ 왼쪽 엄지손가락, 두 번째 손가락(엄지 검지), 손등, 손바닥, 손목, 팔뚝을 거
　쳐 어깨까지 이동하고, 다시 오른쪽 손가락도 왼쪽과 똑같이 어깨까지 이
　동하면서 집중한다.

⑤ 골반에서 등짝 전체, 허리와 배, 등과 가슴으로 훑으며 이동해 간다.

⑥ 목, 목구멍, 입, 코, 귀, 눈, 이마, 머리 정수리까지 이동하면서 집중한다.

⑦ 머리 중앙 정수리에는 구멍이 있다고 생각하고, 마치 화산이 폭발하는 것

처럼 그 구멍으로 좋지 못한 기운과 모든 스트레스가 구멍으로 빠져나가

는 상상을 한다.

⑧ ⑦번과 반대로 다시 정수리 그 구멍으로 자신이 가장 원하는 것이 성취되

었을 것을 상상하며 그 구멍으로 들어오는 상상을 한다.

⑨ 현재 누워 있는 자신이 가장 행복하다는 마음을 재차 확인한 뒤, 고요히 마

음을 텅 비우고, 그냥 누워 있어라.

⑩ 좀 더 명상에 집중하고 싶다면, 두 손을 자신의 배 위에 올리고 배가 올라

갔다 내려갔다 하는 것을 느껴보라.

이렇게 누워서 명상을 하면, 좌선보다 더 편안하게 느낄 수도 있다. 즉 마음과 신체가 이완되면서 긴장감이 줄어들고, 스트레스가 해소된다. 한편 몸과 마음의 일체감(oneness)도 느낄 수 있다. 하지만 와선은 명상에 어느 정도 숙달된 사람이 하여야 하며, 초보자는 짧은 시간에 하는 것이 좋을 듯하다.

명상을 평소에 안하는 사람도 잠자리에 들기 전에 해보기 바란다. 누워서 명상을 하다 보면 마음보다 몸이 쉽게 이완되어 치유되는 효과가 있다. 신체 부위 중 통증이 있는 부위가 있다면 그 통증에 알아차림(sati)을 해보라. 심각하다면 병원 치료를 해야 하지만, 그렇지 않은 경우에는 조금 완화되는 효과가 있다.

실은 누워서 하는 명상을 대학생들에게 자주 시켜보았다.

특히 중간고사 시험 기간이나 수업 분위기가 산만할 때 권하는데 학생들의 반응이 예상보다 훨씬 좋다.

걷기 명상 1

행선을 통해 깊은 삼매에 들 수 있다

중국 당나라 시대, 유명한 선사 마조馬祖(709~788)가 아직 깨닫지 못하고 정진할 때의 일이다. 호남성 남악산에 회양懷讓이라는 선사가 훌륭하다고 해서 그를 찾아갔다. 마조가 회양 문하에 머물던 어느 날, 도량에서 좌선을 하고 있는데 스승이 와서 물었다.

"그대는 무엇 때문에 좌선坐禪을 하고 있는가?"
"부처가 되려고 합니다."

회양이 기왓장 하나를 집어 들고 와서 마조가 좌선하는 옆에 앉아서

기와를 돌 위에 올려놓고 갈기 시작했다.

"스승님, 무엇을 하고 계십니까?"

"기와를 갈아서 거울을 만들려고 한다."

"기와를 갈아서 어찌 거울을 만듭니까?"

"그래, 자네가 지금 좌선을 하고 있는데, 꼭 좌선을 해야 부처가 될 수 있느냐?"

"스승님, 그러면 어떻게 해야 합니까?"

"소가 수레를 끌고 가는데, 수레가 만일 나가지 않는다면 그대는 수레를 채찍질해야 하는가? 아니면 소를 채찍질해야 하는가?"

무조건 앉아만 있다[坐禪]고 해서 부처가 될 수 있는 것은 아니요, 앉아 있는 형상의 부처상[坐佛像]의 모습을 그대로 흉내 낸다고 해서 부처가 되는 것은 아니다. 깨달음은 반드시 좌선만이 아니라 누워 있든 서 있든 걷든, 그 어떤 형태로든 가능하다. 하지만 부처가 되고자 하는 간절함이 있어야 깨달을 수 있다는 것을 반드시 알아야 한다. 즉 수레가 가지 않으면 소를 때려야 앞으로 갈 수 있는 것이지, 수레를 백날 때려봐야 가지 못하는 것과 같은 것이다.

그래서 당나라 때 영가현각(665~713) 선사는 《증도가》에서 "행역선行亦禪 좌역선坐亦禪 어묵동정체안연語默動靜體安然"이라고 하였다. 즉 걷는 것(걷는 것 이외 움직임)도 선이요, 앉는 것도 선이니, 말하고 침묵하며 움직이고 움직이지 않을 때에 신체가 항상 편안하다는 뜻이다.

'누워서 명상하기'에서도 언급했지만, 어떤 자세에서도 형태에 구애받지 않고 명상이 가능하기 때문에 당연히 걸으면서도 얼마든지 명상할 수 있다. 위빠사나에서 말하는 행선(行禪, 걷기 명상)은 좌선과 똑같은 역할의 수행법이다. 나의 경우, 좌선 때는 얻지 못했던 집중력을 행선하면서 몇 번이나 몰입되었던 경험이 있다. 행선을 통해서 얻는 삼매의 힘은 간화선이든 위빠사나이든, 염불선이든 똑같이 적용될 수 있다는 뜻이다.

근래는 템플 스테이나 명상 센터에서 행선(걷기 명상)을 하고 있는데, 대부분 조용한 자연 환경 속에서 단순히 걷는 산책 수준인 것 같다.

여기에서는 먼저 현재 위빠사나의 행선을 설명하고, 다음 꼭지 원고에서는 조용히 걸으면서 명상하는 것에 대해 서술하려고 한다.

엄밀히 말해서 위빠사나에서 행선은 단순히 걷는 산책 수준이 아니다. 또한 한국 선방에서 스님들이 좌선을 마치고 10분 정도 몸을 푸는 포행의 의미도 아니다.

위빠사나에서 말하는 행선은 좌선과 똑같은 역할의 수행법이다. 미얀마 사야도들은 한 시간 좌선, 한 시간 행선할 것을 권하면서 좌선이나 행선, 어느 하나에만 집착해 명상하지 말라고 하신다. 즉 좌선과 행선하는 시간을 똑같이 안배해야 한다. 나는 미얀마에서 수행할 때, 좌선 때 망상이 들면 행선을 통해 마음을 가라앉히기도 하였다. 좌선에서도 집중력을 얻을 수 있지만 행선을 통해서도 그에 못지않은 집중력과 삼매 효과를 얻을 수 있다는 것을 실감했다. 곧 행선을 잘만 활용하면 좌선보다 더 큰 효과를 볼 수 있다는 뜻이다. 행선은 보폭만 신경 쓰면 되는 간단한 명상이다.

먼저 세 단계를 염두에 둔다.

(1) 반듯하게 서 있는 상태에서

　　머리에서부터 발밑까지 마음을 물 흐르듯이 내려 본다.

(2) 자신의 얼굴을 확인한다.

　　자신이 웃는 얼굴을 하고 있는지, 찌푸린 얼굴을 하고 있는지 확인해 본다.

　　확인해 본 뒤 미소 띤 얼굴로 바꾼다.

　　환한 얼굴로 바꾸면 마음도 동시에 평온해지기 때문이다.

(3) 명상하고 있는 현재 이 순간을 행복하다고 느낀다.

① 눈은 2m 전방을 주시한다. 2m보다 더 멀리 보면 등이나 목에 긴장감이 올 수도 있고, 두통이나 어지러운 증세가 생기기도 한다.

② 발바닥의 알아차림(sati)에 집중해야 하므로 손은 마음대로 해도 된다. 즉 머리 위로 올려도 되고, 팔짱을 끼워도 되며, 차수를 하는 등 자유이다.

③ 보폭은 한발 길이 정도로 해서 걷는다.

1단계는 왼발 – 오른발이라고 명칭을 붙이며 자연스럽게 걷는다. 혹은 자연스럽게 자신이 걷고 있다는 알아차림(sati)을 하면서 걸어도 된다.

2단계는 한 발을 들 때마다 듦 – 놓음이라고 명칭을 붙인다.

3단계는 발을 들고 내릴 때마다 듦 – 밂 – 내림이라고 명칭을 붙인다.

행선할 때는 너무 빨리 걷거나 천천히 걷지 말고 자연스럽게 걷는다 (미얀마에서 지도하는 스님들마다 조금씩 다른데, 대체로 최대한 천천히 걸으라고 한다). 일반적으로 걷는 명상은 1~3단계를 중심으로 해도 된다.

걷는 명상을 하고 있는 동안에도 오로지 걷고 있다는 것을 마음 깊숙이 알아차려야 한다. 걷는 명상을 하는 도중에 다른 생각에 빠지는 경우가 있다. 그럴 때는 걷기를 하지 말고 잠시 멈춰 선 다음 '생각, 생각'이라는 알아차림(sati)을 하고, 행선에 집중하면 된다. 또한 몸의 어느 특정 부위가 가려울 때도 멈춰 서서 그 가려운 부분에 주시를 하며 '가려움, 가려움'이라고 명칭을 붙이고 알아차림(sati)을 한 뒤, 발의 움직임으로 되돌아가 알아차림을 한다.

걷기 명상 2
걸음 안에 인생의 터닝 포인트(Turning Point)가 있다

앞에서는 위빠사나 명상의 중요한 명상법인 행선의 원리와 방법을 설명하였다. 발의 움직임 하나하나를 알아차림(sati)하는 것으로, 당장 실행하지 못하더라도 그 원칙만큼은 염두에 두었으면 한다. 내 개인적으로 미얀마에서 수행할 때 행선에서 효과를 보아 사람들에게 권해보는데, 적극적으로 위빠사나를 하지 않고는 쉽지 않은 일인 것 같다. 특히 학생들에게 걷기 명상을 해보니, 산만한 느낌이 있어 잘 실행하지 않는다.

하지만 굳이 위빠사나 행선의 원칙에 맞춰 명상하지 않고 편안히 걸으면서 사유해보는 시간도 어떨까 싶다.

베트남의 틱낫한(Thich Nhat Hanh) 스님은 "삶을 바꿀 수 있는 힘은 걸음 안에 있다."라고 하였다. 프랑스 플럼빌리지(Plum Village) 명상 센터에 명상하러 오는 사람들에게 스님은 걷기 명상을 권한다.

일반적으로 걷기는 건강 회복에도 좋은 운동법이라고 한다. 자연주의 명상가 헨리 소로우(Henry David Thoreau, 1817~1862)는 자신의 수필집《산책(Walk)》에서 "하루에 4시간을 걸으면서 건강을 유지했을 뿐만 아니라, 명상을 통해 삶을 재충전하였다."고 고백하였다.

또한 미얀마의 우 조티카(U Jotika, 1947~) 스님은 "매일 하루 2시간 이상을 걸으면서 걷는 수행을 하는데, 건강이 좋지 않을 때는 평소보다 2배나 많이 걸으면서 건강을 회복하였다."(《여름에 내린 눈》)고 하였다.

우 조티카 스님이나 헨리 소로우는 은둔자이자, 명상가요, 사상가이다. 이들의 사상들이 많은 사람들에게 공감을 주고 있는데, 아마도 그들의 사상이 걸음걸음 속에서 사유되어 나온 철학이라고 생각된다. 고대 철학자들 중, 플라톤이나 아리스토텔레스는 걸으면서 토론하고 강의를 하여 이들을 소요逍遙 학파라고 한다. 철학가들은 걸음 속에 사상을 켜켜이 키워나갔고, 이 걸음 속에서 사유된 철학을 현대의 우리들도 공유하고 있다.

나는 매일 오후에, 뒷산에서 1시간 정도 산책 겸 행선을 한다. 이때 행선하는 방법대로 걷기 명상을 하지 않지만 걸음과 더불어 염念을 한다든지 혹은 오로지 걸음 자체에만 마음을 두고 걷는다.

걸음에만 마음을 둘 경우, 현재 오롯하게 내 걸음에만 집중한다. 천천히 걸으면서 한 걸음 정도로 보폭을 유지한다. 또 마음이 산만하거나 힘든 문제가 발생하면 잠시 멈춰 서서 주위 나무나 풀잎 등을 바라본다. 마치 돛단배가 물 위를 자연스럽게 흘러가듯 그렇게 걸음을 걷는다. 이렇게 걸음을 통해 마음의 평온을 얻을 수 있었고, 원고나 논문에 매듭을 짓지 못한 것은 정리를 하기도 한다. 오후, 걸음을 통해서 문득문득 내 마음이 무엇을 하고 있는지, 무엇을 생각하고 있는지를 수시로 자신에게 묻곤 한다. 걸으면서 몸과 마음의 평온을 함께 느낌으로써 자신에 대한 성찰을 키워주었다. 이 순간만큼은 나는 마치 다른 세상에 살고 있는 느낌을 받곤 한다.

한편, 산길이나 산행을 하면서 조용히 걷는 것 자체를 중시하여 발을 통해서 느끼는 대지의 힘을 느껴보고, 단지 걸어가고 있는 온몸의 감각을 전체적으로 느껴도 좋다.

이 걷기는 요즘 바쁜 현대인들이 쉽게 명상을 할 수 있는 방법이라고 생각한다. 학생들은 학교에 등교할 때, 직장인은 출근할 때, 엄마들은 시장 보러 갈 때, 다른 모든 생각을 잠재우고 그저 걷고 있다는 것, 자신의 몸과 발의 감각을 느껴보는 것이다.

걸어보자!! 아인슈타인이 논두렁길을 걷다가 생각해 낸 이론이 상대성이론이라고 하는데, 그대도 걸으면서 세기에 남을 이론을 생각해 낼 수 있을지 어찌 알겠는가? 한편 인생의 터닝 포인트(Turning Point)가 그대의 한 걸음, 한 걸음 속에서 창출될지 모르지 않는가?!

명상에 대한 진실

명상은 인류의 공동 문화로 자리매김 되어야 한다

일전에 개최된 불교 중흥을 위한 대토론회 주제가 '현대 명상 문화와 한국 선의 과제'였다. 주제에 부응해 토론이 어떻게 진행될지 궁금했는데, '그들만의 리그'로 끝난 것이 아닌가 싶다. 현대인들이 생각하고 원하는 명상에 대한 보편성을 끌어내지 못했기 때문이다.

전 세계적으로 선禪이라는 단어보다는 명상(Meditation)이라는 용어가 보편화되어 있다. 그 이면에는 북방의 간화선보다는 남방의 위빠사나가 세계적으로 저변화되었기 때문이라고 생각한다. 그 원인과 과정을 살펴보고, 한국 불교의 미래를 짚어보기로 한다.

베트남의 틱낫한 스님은 종교와 이념을 초월한 평화주의자이다. 프랑스의 보르도 지방에 수행 공동체인 플럼빌리지(Plumvillage)를 세웠는데, 그곳에 가려면 몇 달 전에 예약을 해야 하고, 명상자 중에는 유대인이나 기독교인들도 있다.

달라이라마는 자기 출신 지역민인 티벳인들에게만 국한해 진리를 설하는 것이 아니라 인류에 대한 평화와 자비를 드러내기 때문에 세계인들로부터 사랑받고 있다고 여겨진다.

숭산 스님의 제자인 미국인 현각 스님은 책에 이런 글을 남긴 적이 있는데, 대략 기억해보면 이러하다.

"천주교 집안에서 자라 어려서부터 천주교 세례를 받고 성경을 읽었지만 자신의 종교에 늘 회의적이었다. 그런데 불교 승려가 된 뒤, 예수님을 생각하면 그분이 훌륭한 선지식이고, 회의적으로 읽었던 성경 구절이 참된 메시지임을 알았다."

《금강경》에서 '일체법一切法이 불법佛法'이라고 하였다. 타 종교인이라고 할지라도 불교의 진리는 누구나 배울 수 있는 우주 만물의 실상實相을 설하는 가르침이라는 의미인데, 선이라고 하는 실천 체계를 수반하고 있기 때문이다. 불교는 마음 닦는 수행을 기반으로 하기 때문에 세계사에서 '불교'가 원인이 된 종교전쟁은 없었으며, 어느 나라에 불교가 유입되더라도 그 나라 문화 풍토와 자연스럽게 조화를 이루며 발전하였다.

진리 차원에서 부처님의 가르침은 인간에게 참 삶의 길을 제시한다. 참 삶의 길을 실천하는 선, 즉 명상은 종교와 국가를 초월한다. 불교는 행行을 통해 깨달음으로 향해 가는 인간을 근본으로 하는 종교이지 신神의 종교가 아니다.

아놀드 토인비(Arnold Toynbee: 1889~1975)는 "20세기의 가장 획기적인 사건은 불교가 서양에 전해진 것이다."라고 하였고, 분석심리학자 칼 융(C.G. Jung: 1875~1961)은 "선은 동양의 정신 가운데 불교의 방대한 사상체계를 훌륭하게 수용하여 핀, 중국 정신의 가장 놀라운 꽃이다."라는 발언을 하였다.

1950년대 일본의 스즈키 다이세츠(鈴木大拙)가 서양인들에게 최초로 선(zen)을 알렸고(이미 1800년대 중반부터 미국이나 유럽에 이주한 화교와 일본 이민자들로부터 불교는 서양에 알려져 있었음), 1960년대 말부터 70년대 초까지 영국의 가수 비틀즈(The Beatles)가 인도를 수차례 방문하고 명상함으로써 당시 젊은이들에게 새로운 길을 제시했다. 비틀즈를 시발점으로 인도 요가와 명상이 서양에 알려지면서 비로소 서양인들의 관심사가 되었다. 70년대 후반부터 미얀마의 마하시(Mahasi, 1904~1982) 사야도, 태국의 아짠차(Ajahn Chan, 1918~1991) 선사, 베트남의 틱낫한(Thich Nhat Hanh, 1926~) 스님, 일본 조동종의 데시마루 다이센(弟子丸泰仙, 1914~1982) 선사, 한국의 숭산(1927~2004) 스님, 중국의 선화宣化(1918~1995) 상인, 대만의 성엄聖嚴(1930~2009) 선사 등 동양의 스승들이 직접 혹은 간접적으로 서양에 선을 전했다. 선禪이 동양에서 시작되었지만, 20세기 이후 서양에서는 재가자들의 명상이 보편화되었다고 볼 수 있다.

미국 헐리우드 스타들의 티벳 불교에 대한 관심도 한몫하였다. 영화배우 리처드 기어는 80년대 초부터 달라이 라마를 후원하면서 티벳 독립 운동에 대한 세계인들의 관심을 촉진시킨 장본인이다. 알렉 볼드윈, 바브라 스트라이샌드, 맥 라이언 등 스타들이 티벳 불교를 후원하면서 불교와 명상은 사람들에게 매력적인 종교로 발돋음하였다.

한발 더 나아가 서양인들이 티벳·태국·일본·미얀마·한국에 와서 출가하는 경우가 많아졌다. 출가한 1세대 서양 승려들 혹은 명상을 하는 재가자들이 아시아에서 10여 년 이상을 수행한 뒤, 본국으로 돌아가 직접 명상을 지도하게 되면서 서양의 새로운 대안으로 자리매김하였다.

이 명상 지도자들의 독특한 점은 명상을 자국의 현실과 문화에 변형시켜 지도한다는 점이다. 특히 서양의 명상 지도자들 대부분이 미얀마·태국에서 위빠사나를 한 뒤, 명상을 의학·심리학·정신 분석·뇌·과학 등과 함께 접맥시켜 새로운 불교 코드를 형성시켰다. 그 대표적인 케이스가 의사인 존 카밧진(Jon Kabat-Zinn)이다.

미국의 성인 인구 8명 가운데 1명꼴로 명상을 하고 있고, 고등학교 교과목으로 채택되기도 하였으며, 프랑스에서는 몇 년 전부터 명상하는 사람이 기하급수적으로 늘어나고 있다. 많은 서양인들이 불교로 개종하고, 채식하는 등 불교적 삶을 영위하는 이들이 점차 늘고 있다. 한편 자신의 종교는 버리지 않으면서 열린 마음으로 불교를 배우고 명상하는 이들도 있다.

한국 불교의 미래 또한 명상을 재가자들에게 보편화하는 데 달려 있다고 본다. 간화선을 캐치프레이즈로 내걸되 좀 더 보편화될 수 있는 쉬운 방법을 개발해야 한다. 미얀마의 마하시와 태국의 아짠차는 위빠사나가 전 세계 명상의 시발점이 되도록 하신 분들이라고 해도 무방하다. 우리나라도 미얀마의 마하시나 태국 아짠차 선사처럼 선의 경지에 오른 눈 푸른 납자들이 배출되어야 한다.

미얀마의 경우, 어느 지역은 빈대가 득실거리고 어느 한국 스님은 말라리아로 거의 죽을 뻔한 적도 있었다. 또한 음식, 비자 문제 등 열악한 상황인데도 외국인들이 매우 많이 있다. 몇 년 전 내가 머물 때만 해도 비자 문제가 너무 까다로워 수행자들이 "비자 문제만 해결되어도 수행하는 데 편안하라"고 할 정도였다. 굳이 부르지 않아도 열악한 환경의 미얀마나 태국으로 명상가들이 몰려가듯이 한국 승려들의 진정한 자각이 필요하다고 본다. 그래서 한 번쯤 가고 싶은 한국, 한 번쯤 수행하고픈 한국의 간화선으로 재탄생되어야 한다.

전 세계적으로 보급된 명상을 언급하고자 했던 글인데, 결국 우리나라 불교 걱정만 늘어놓은 것 같다. 이 또한 한국 불교 명상을 발전시키고자 한 나의 염원이요, 쉽게 접근할 수 있는 명상법이 보급되었으면 하는 바람이다.

명상은 종교·국가·이념을 초월한 인류의 공동 재산이요, 문화이다. 특정 종교의 소유물이라고 볼 수 없다. 바로 이 점은 석가모니 부처님의 뜻이기도 하다. 부처님의 진리가 중생들에게 영원한 등불이 되기를 간절히 발원한다.

삼매 이야기

석가모니 부처님의 전생 이야기 중에 나계선인螺髻仙人 이야기가 있다. 나계선인이 깊은 선정삼매에 들어 들숨과 날숨의 호흡을 끊고 나무 아래에서 좌선을 하고 있었다.

며칠 동안 움직이지 않고 선정에 들어 있자, 새가 선인의 머리 위를 작은 나무로 착각하고 둥지를 짓고 알을 낳았다. 선인이 선정에서 깨어나 보니 머리 위에 알이 있었다.

움직이면 알이 깨어져 어린 생명이 죽게 되고, 어미 새가 둥지를 잃고 돌아오지 않을까 염려되어 다시 깊은 선정에 들었다는 이야기다.

또한《대반열반경》에 의하면, 부처님께서 몇백 대의 수레가 지나가고 그 인근에 홍수가 발생했는데도 그 사실조차 인지하지 못할 정도로 며칠 동안 깊은 삼매에 드셨다고 한다.

삼매(Samādhi)란 마음을 하나의 대상에 몰입하는 집중력이라고 하여 심일경성心一境性이라고 번역한다. 또 마음을 한곳에 모아 움직이지 않기 때문에 정定이라고 표현하여 그 고요한 삼매 상태에 들어간 것을 입정入定이라고 하고, 그 경지에서 나오는 것을 출정出定이라고 한다.

대승경전에는 부처님께서 법을 설하기 전에 삼매에 들었다가 삼매에서 일어나 진리를 설하는 것으로 설정되어 있다. 이처럼 부처님의 법문이 깊은 사유와 삼매를 통해 전해지는 것이다.

대승경전마다 부처님의 삼매 경지가 다른데, 《반주삼매경》에서는 관불삼매, 《반야경》에서는 수능엄삼매, 《화엄경》에서는 해인삼매, 《법화경》에서는 무량의처삼매, 《열반경》에서는 부동삼매이다. 또한 자각 종색 선사는 《좌선의坐禪義》에서 "수행자는 먼저 대비심을 일으켜 큰 서원을 세우고 정밀하게 삼매를 닦아야 한다."라고 하였다.

깊은 삼매에 들었던 부처님과 선사들의 일화를 보면서 내 마음자리에는 늘 멀게만 느껴졌다. 그만큼 내 어리석은 경지로는 성자들의 삼매에 감히 근접할 수 없음을 고백한다.

그나마 미얀마에서 수행할 때, 하루 10여 시간 정도 좌선했던 경험이 있어 선사들의 선정삼매에 경앙심이 듦과 동시에 적어도 현대인들에게 부처님과 선사들의 삼매를 알리고 싶을 따름이다.

먼저 중국의 허운虛雲(1840~1959) 선사를 소개한다. 허운은 근현대 중국 불교를 확립시킨 선사로 현재 대부분의 중국 선종 승려들은 허운의 법맥을 잇고 있다.

선사는 젊은 시절, 기적을 행하는 선사로 세상에 알려지자, 그 명성을 벗어나 홀로 조용한 곳에서 수행하고자 서안 종남산終南山 사자암으로 들어갔다. 허운은 섣달 동지부터 정월 초이레까지 보름 동안 입정入定에 들었다. 종남산 토굴에 사는 젊은 승려들은 허운이 전혀 기척이 없자, 혹시 짐승들에게 해를 입었는지 걱정되어 허운을 찾아갔다.

승려들이 암자에 도착하니, 허운이 공양간을 정면으로 보고 좌선에 들어 있는데, 화롯불에는 전혀 열기가 없었다. 승려들은 허운이 앉아서 열반한 줄 알고, 스님을 가볍게 치며 소리를 내자, 허운이 삼매에서 일어났다. 젊은 승려들이 새해 인사도 드릴 겸 찾아왔다고 하자, 허운이 "오늘이 동짓달 스무하룻날인데, 무슨 새해냐?"라고 물었다. 승려들은 "오늘이 정월 초이레"라고 하자, 그제서야 허운은 자신이 보름간 삼매에 들어 있었음을 알았다.

보름 전에 허운이 토란을 삶으려고 막 불을 피우다가 입정에 들었던 것인데, 자신이 삼매에 들었던 보름간을 자각하지 못하고, 젊은 승려들에게 "토란이 다 익었을 테니 그것을 먹어라."라고 말한 후 솥뚜껑을 열라고 하였다.

솥 안의 토란은 당연히 곰팡이가 하얗게 슬어 있었다.

또 허운 선사가 60대 중반 무렵, 운남성 계족산 축성사를 불사하던 때였다. 그는 태국을 방문해 화교 사찰 용천사에서 한 달간《지장경》과

〈보문품〉을 강독했다. 어느 날 허운은 가부좌한 채 경전을 독송하다가 입정에 들었다. 얼굴에는 자비로운 미소를 머금은 채 눈을 살짝 감고 두 손을 포갠 채 움직이지 않았다. 한 승려가 스님께서 열반하였는지 세심히 살피다가 삼매에 든 것을 알고 주위에 조용히 해달라고 요청했다. 그 무더운 여름날, 스님이 삼매에 들어있는 동안 태국의 국왕과 왕비가 다녀갔고 수많은 사람들이 귀의했다.

스님이 삼매에 들어 있는 동안 절 주변은 사람들의 물결로 가득 찼고, 경찰까지 출동해 질서를 유지시켰다고 한다. 8일째 되는 날에는 외신 기자들이 사진을 찍어가 영국·프랑스·일본 등 해외에서도 스님의 사진과 기사가 실렸다. 9일째 되는 날, 한여름인지라 건강이 염려되어 스님들이 선사를 흔들어 출정出定케 하였다.

마지막으로 허운이 말년에 깊은 삼매에 들었던 이야기를 소개한다. 이 내용은 필자나 독자들도 가슴이 조금 아픈 내용이다.

1951년 112세의 허운이 광동성 대각사에서 공산당 병사들에게 폭행을 당했다(雲門事變). 병사들에게 구타를 당할 때, 스님은 가부좌한 채 미동도 하지 않았다. 병사들은 화가 나 스님을 퍽퍽 소리가 날 정도로 때린 후, 땅에 내던졌다. 병사들이 떠나고, 제자들에 의해 스님은 가부좌를 한 채 입정에 들었다.

6일째 되는 날, 몸은 점차 길상와吉祥臥의 모습이 되었고, 9일째 되는 날에 스님은 정定에서 일어났다. 제자들이 9일이 지났다고 하자, 스님은 "몇 분 밖에 지나지 않은 것 같은데, 꿈을 꾼 것 같다. 도솔천에서 미륵보살의 유심식정唯心識定 법문을 들었다."라고 하였다.

또 명나라 때, 유명한 선사인 감산덕청憨山德清(1546~1622)은 지인인 거사님 집에 잠시 머물러 있다가 5일간 입정에 들었다. 방문이 잠겨 있는 채로 감산이 선정에 들었는데, 동자가 창문으로 들어가 아무리 흔들어도 삼매에서 일어나지 않았다. 그래서 동자가 요령(삼매에 든 스님을 깨울 때 쓰는 법구)을 흔들어 깨웠다는 일화가 전한다.

우리나라의 진묵(1562~1633) 대사는 기이한 행적이 많이 전한다. 진묵 대사가 상운암에서 상좌들과 함께 지낼 때의 일이다. 진묵은 툇마루에 앉아 제자들이 탁발을 다녀오겠다고 해서 '그러라'며, 배웅하였다. 제자들이 며칠 만에 돌아와 보니, 진묵대사가 앉아 있는 자리 부근에는 거미줄이 잔뜩 쳐져 있었다.

진묵은 삼매에서 일어나 제자들에게 "왜 탁발하러 가지 않느냐?"라고 물었다. 삼매에 들었던 며칠이 진묵에게는 단 몇 분도 되지 않은 시간이었다.

원숭이가 이 나무 저 나무로 옮겨 다니듯 현대인들은 잠시도 가만히 있지 못한다. 특히 스마트폰이 나오면서 더더욱 분주해진 것 같다. 바쁜 현대인들이 부처님과 선사들의 삼매력을 믿을지 심히 우려된다. 늘 책과 씨름하고 원고 쓰는 일, 법회 등 분주하게 살던 내가 미얀마에서 오후 입선 때 한 번은 2시간 50분을 좌선했던 경험이 있다.

깊은 삼매까지는 아니지만 이때 경험한 수행의 기쁨은 몇 년이 지났어도 나를 행복하게 해주는 한 조각이다.

이 글을 쓰면서 부처님을 비롯해 조사 스님들께 머리 조아려 존경심을 표한다.

부처님과 선사들의 깊은 삼매는 행行으로 드러난 것이지 이론으로 설명할 수 있는 것은 아니다.

일반 사람들이 쉽게 근접할 수는 없지만 얼마든지 우리 중생들도 가능한 일이다. 다만 이 글 내용에 '과학적으로, 의학적으로' 등의 용어로 합리성을 내걸면서 매스를 가하는 사람이 없기를 바랄 뿐이다.

명상을 하면
신통술을 얻을 수 있다?

태국 아짠차(Ajahn Chan, 1918~1991) 선사의 제자인 영국인 아잔브라흐마(Ajan Brahma) 스님이 호주에 머물 때이다. 스님은 인근 교도소로부터 명상에 관한 강연을 요청받았다. 처음으로 스님이 교도소에 갔더니 100여 명의 재소자들이 스님 법문을 듣겠다고 모여 있었다.

법문을 한 지 10분쯤 지나자, 사람들이 자기들끼리 이야기를 하며 분위기가 매우 산만했다. 너무 산만해 스님이 법문을 계속 하기가 힘들어지자, 그들에게 어떤 질문이든 하라고 하였다.

한 재소자가 일어나 "명상을 통해 공중 부양술을 익힌다고 하던데, 그 말이 사실이냐?"라고 물었다. 스님은 명상은 그런 신통술을 얻는 게 아니라고 답해주고 돌아왔다.

스님이 그 다음 주에 교도소에 갔더니, 고작 4명의 재소자가 모여 있었다. 처음 재소자들은 명상을 배우려고 왔던 게 아니라 스님에게 공중부양술을 배워 교도소를 탈주하거나 범죄에 이용하려고 했던 것이다. 한국의 스님들도 이런 비슷한 경우를 자주 겪기 때문에 그냥 웃어 넘겨야 할 일이지만, 왠지 씁쓰레하다.

초기 경전에 의하면 부처님께서도 정각을 이루실 때, 선정 가운데 제4선의 경지에서 3명三明을 얻어 아라한이 되었다.**12** 부처님 이외 제자들도 신통술을 얻었는데, 이 신통술은 수행 과정에서 나타날 수 있는 것이지 신통술을 얻는 것이 불교의 궁극 목적은 아니다.

부처님께서 신통제일 목련 존자에게 신통부리는 일을 금하셨다. 부처님의 고향인 카필라성이 코살라국 유리왕에게 멸망당할 때도 목련은 신통술로 카필라성에 철제로 된 성을 쌓으려고 하였다.

부처님께서는 "석가족 전체의 업보(동업중생同業衆生)는 어쩔 수 없는 일"이라며 목련의 신통술을 금하셨다.

또 어느 해, 마을에 심한 가뭄이 들었다. 수행자들이 탁발공양을 할 수 없게 되고, 부처님께서도 공양하는 일이 어렵게 되었다.

목련이 부처님께 신통술로 공양을 가져오겠다고 하였을 때도 부처

---

12 3명三明이란 천안통天眼通 · 숙명통宿命通 · 누진통漏盡通을 말하며, 6통六通은 3명에 신족통神足通 · 천이통天耳通 · 타심통他心通을 더한 것을 말한다.

님께서는 신통부리는 일을 극구 말리셨다.

목련의 신통술은 오로지 교단을 방해하거나 교단을 교란시키는 자를 내쫓기 위해 쓰였을 뿐이다.

그러다 보니 외도들은 자연스럽게 목련을 증오하게 되었고, 결국 목련은 그들에게 죽음을 당하게 되었다. 죽음 직전에도 목련은 신통술을 쓰지 않았던 것이다.

한국에만 존재하는 독성각獨聖閣의 주존은 나반 존자인데, 바로 빈두로賓頭盧 존자를 말한다. 존자는 원래 발차국跋蹉國 사람으로 어려서 출가하여 아라한이 되었으며 신통력이 매우 뛰어났다.

어느 날 빈두로 존자가 왕사성 거리에서 장난 삼아 신통을 부려 외도들의 조소거리가 되었다. 부처님께서 이 사실을 알고 "수행자는 부질없이 신통을 부리지 마라."는 엄명을 내리면서 벌칙으로 빈두로 존자는 열반에 들지 않고 말세 중생을 제도하는 아라한으로 남으라고 하셨다.

한편 부처님께서는 수행자가 신통은 물론이거니와 점을 친다든가 관상을 보는 등의 옳지 못한 행위를 금하셨다.

《숫타니파타》에 의하면, 부처님은 이런 말씀을 하셨다.

> "수행자는 해몽이나 관상, 예언 같은 점을 친다든가
> 길흉화복의 운세에 관심두지 말라.
> 이런 일을 하지 않는다면 올바른 수행자의 삶을 사는 것이다."

부처님께서 열반하시기 전에 설하신《불유교경》에도 "수행자는 길흉, 관상을 보지 말라"라고 말씀하셨으며, 또한 부처님은 제자들에게 해탈을 하기 위한 수행자의 삶과 올곧은 정진을 강조하셨다.

중국에서 불교를 처음 받아들일 때도 '선禪'을 도교 사상에 맞추어 선사를 신통술 부리는 사람으로 생각하였다. 몇 백 년에 걸쳐서야 겨우 극복하고 조사선과 간화선이 형성된 것이다.

불교 승려가 신통술을 부린다든가 예언가로 인식하는 점은 태국에서도 그러했던 모양이다. 앞에서 아짠차 선사를 거론했는데, 아짠차는 태국의 근현대 선지식으로 위빠사나를 세계적으로 전파한 인물이다. 스님에게 대단한 시주자가 있었는데, 이 시주자는 스님이 자신의 미래에 대해 예언해주기를 간절히 원했다.

한번은 스님이 그 시주자의 손금을 보면서 앞날을 예언했다.

"당신의 미래는 불확실하군요."

지금까지 서술해온 대로 불교의 수행과 명상은 신통술을 얻기 위함이 아니라는 것을 느꼈을 것이다.

해탈을 위한 수행이요, 고苦를 여의고 열반의 낙樂을 얻기 위한 것(離苦得樂)임을 마음에 새겨두었으면 한다.

재가자는 굳이 해탈이라는 이름이 아니어도 괜찮다. 바로 현재 살아가는 순간순간의 과정 속에서 인생의 참다움을 찾는 것, 자신이 현재 발딛고 서 있는 곳이 어디인지, 자신의 자아가 무엇을 지향하는지를 살피는 것이 바로 재가자의 입장에서 명상이라고 생각한다.

한편 다음 장에서 명상을 통해서 얻을 수 있는 점에 대해 서술하는데, 이는 내가 학자로서 명상의 전반적인 내용을 언급하기 위함이다.

한 가지 바란다면, 명상이 심신에 좋다는 생각이나 어떤 이기적인 목적, 기대 심리를 가지고 명상을 시작하지 않았으면 한다는 것이다.

삶의 길을 모색하는 것, 인격완성을 위한 방법으로 명상을 받아들이면 어떨까 싶다.

명상을 통해서
어떤 행복을 얻을 수 있는가?

한국의 양궁 선수들이 국제대회에서 좋은 성적을 거두었는데, 이는 바로 명상의 효과였다. 특히 양궁 선수들은 촛불을 켜놓고 명상을 하는데, "흔들림 없는 마음의 평정심을 유지하는 힘을 얻었다"라고 한다.

세계적인 팝가수와 영화배우들이 명상을 통해 스트레스를 해소하면서 서양에 요가와 명상이 널리 알려졌고, 명상이 보편화되었음을 언급했었다. 미국의 영화감독인 데이비드 린치는 어느 인터뷰에서 이런 말을 하였다. "처음 명상을 시작했을 때 마음속에 분노가 가득했고, 부인에게 분노를 표출하곤 했다. 명상을 시작하고 2주가 지나자 그 분노가 사그라졌다."

특히 운동선수, 영화배우들이 명상을 통해서 얻은 심신心身의 평온이 알려지면서 서양 의학계와 과학계에서는 의사와 과학자들이 직접 명상을 해보고, 환자들에게도 명상을 시킨 뒤, 명상을 통한 신체 변화에 대해 과학적·의학적 증거를 제시하고 있다. 이들이 한결같이 "명상을 통해 자기 내면을 깊이 들여다보고 탐구함으로써 육신의 질병과 정신적인 고뇌까지도 치유될 수 있다."는 점을 주장하고 있다.

나는 앞에서도 잠깐 언급했지만, 불교 승려로서 명상을 통한 효과를 언급하는 것이 조심스럽기도 하다. 명상을 포장된 상품처럼 전시장에 내놓는 기분이 들어서이다.

하지만 전문적으로 수행코자 하는 스님들이나 요기(yogi, 요가 수행자)들과 달리 재가 생활을 하면서 하는 명상이니만큼 이런 부분이 필요하다고 본다. 현대인들은 약을 먹으면 어떤 효과가 있는지, 어떤 운동을 하면 어느 부위에 건강이 좋은지 등 타당성과 정확성을 추구하는 면도 있기 때문에 명상의 효과를 언급하는 것도 괜찮을 거라고 스스로 위로해 본다.

어쨌든 현대사회의 질병 치유와 명상의 효과에 대해서 어떤 사탕발림처럼 몇 가지를 나열하는 것보다는 정신 질환계나 의학계, 심리학계의 학자들이 연구 발표한 몇 가지 자료를 알아보는 것이 좋겠다.

한 가지 분명한 것은 명상을 하면 마음의 좋지 못한 생각이나 감정 등을 한 곳으로 집중시켜(마음) 안정과(육신) 치유를 위한 에너지로 바꾸어 나가기 때문에 심신이 안정된다는 사실이다. 즉 명상을 통해 심신이 이완된 상태에 머물러 있기 때문에 안정을 찾을 수 있는 것이다.

명상의 효과에 관해서는 육신의 질병 치료, 정신적인 마음 치료, 치매 효과 세 부분으로 나누어 언급한다.

첫째, 명상으로 스트레스가 해소되고 자연 치료 효과로 육신의 질병을 회복한다.

① 미 국립보건원에서는 명상을 지속적으로 할 경우 다음과 같은 효과가 있다고 발표하였다.

"스트레스 관련 호르몬을 감소시키고, 혈압과 맥박, 혈중 콜레스테롤 수치를 떨어뜨린다. 불안감과 만성 통증을 완화시키고, 명상이 수면보다 3배나 높은 휴식 효과가 있으며 뇌의 기능까지도 변화시킨다."

② 미국 심장협회는 명상이 동맥경화를 치유하는 효과가 있다는 연구 결과를 학술지에 발표했다.

"UCLA대 등이 목 부분에 동맥경화가 있는 흑인 60명을 상대로 관찰한 결과인데, 7개월간 하루 2번씩 명상을 한 환자들은 동맥 속의 혈전이 뚜렷하게 줄어들었고, 그렇지 않은 환자들은 동맥경화가 심화되었다."

③ 미국의 하버드대학교 교수이며 명상학자인 허버트 벤슨 박사는 명상의 효과에 대해 다음과 같은 결과를 발표하였다.

"명상을 하는 사람들의 혈액 속의 유산乳酸 농도를 측정해 보았다. 그 결과 명상하고 있는 동안에는 혈액 속의 유산의 농도가 눈에 띄게 떨어지고 명상이 끝난 다음에도 한동안 같은 상태가 유지된다는 점이었다. 유산은 근육이 피로해졌을 때 생겨나는 피로 물질인데 이 혈액 속의 유산값이 낮다는 사실은 근육의 피로가 풀리고 충분히 이완되어 있는 상태에 있음을 말해주는 것이다.

명상은 또 어깨 결림과 귀 울림 증세를 고쳐주고 잠을 잘 자게 해준다. 명상을 하고 잠을 자면 숙면을 할 수 있으며 다음 날 아침에는 가뿐한 몸으로 일어나게 된다고 많은 이들이 증언하고 있다.

명상은 또한 고혈압과 콜레스테롤을 낮추는 데 탁월한 효과를 발휘한다. 명상을 통해 스트레스가 해소되면 혈압이 내려가고 콜레스테롤값도 내려간다."

둘째, 명상을 하는 사람은 수명이 연장되며 치매가 예방된다.

2009년 3월 29일자 워싱턴포스트 과학 코너에 "기도와 명상은 정신을 건강하게 하며, 명상은 치매를 예방한다."라는 기사가 소개되었다. 앤드류 뉴버그(Andrew Newberg)와 마크 로버트 월드맨(Mark Robert Waldman), 두 저명한 두뇌 과학자가 연구하고 환자에게 실험한 과학적인 결과를 발표한 논문에 들어있는, 필라델피아에 사는 가스(Gus)라는 환자를 치료한 사례이다.

"가스는 평범한 학력에, 명상을 한 번도 해보지 않은 미국의 전형적인 시민이다. 그는 은퇴 후 기억력을 점차 상실해 갔으며 정신 건강이 쇠약해지고 있었다. 두 의사가 가스에게 매일 12분식, 8주간 명상을 하게 한 뒤, 가스의 정신 건강 상태를 조사했다. 두뇌를 스캔하고 검사했는데, 8주 후에는 가스의 정신 건강이 50% 이상 좋아졌다.”

셋째, 마음의 안정이다.

① 다음은 강남성모병원 신경정신과 이철 박사의 인터뷰 내용이다.

“명상은 무의식이나 사회현상학적 측면에서 여러 가지 이유가 있겠지만 정신 건강을 되찾는 데 아주 좋은 방법입니다. 명상을 하면 알파파가 증가하는 생리적인 변화가 생깁니다. 명상 알파파가 증가하면 맥박·호흡·뇌파가 안정되지요. 불안정한 마음이 가라앉는다는 말입니다. 참선을 하면 스트레스 호르몬과 면역 기능이 좋아진다는 것이 이미 여러 연구를 통해 입증되지 않았습니까? 면역 기능이 좋아지면 감기에도 걸리지 않고 건강해진다는 것은 두말 할 필요도 없지요.”

② 정신과 의사 디파크 초프라(Deepak Chopra)는 그의 저서에서 “인생의 행복은 영적인 추구에서 온다.”고 하였는데, 영적인 행복(Spiritual Happiness)은 명상이라는 것이다. 그의 주장은 자선을 베풀고, 명상을 하면 누구나 행복할 수 있다는 것이다.

③ 미국이나 유럽에서는 명상을 할 경우, 뇌와 의식의 관계를 규명하는 등 과학적인 연구도 활발히 이루어지고 있다고 한다. 미국의 어느 중고등학교에서는 명상을 교과목으로 채택하는 경우도 있으며, 어느

교도소에서는 재소자들을 상대로 명상을 시켰더니 재범률이 75%에서 56%로 떨어졌다는 보도가 있었다.

몇 년 전 위빠사나 수행을 하기 위해 미얀마에 머물렀다. 두 번째 미얀마로 갔을 때는 마음가짐이 달랐다. 처음에 머문 판디타라마 명상 센터는 외국인에게도 매우 엄격한 곳인데, 우기雨期에 세 달을 그곳에서 보냈다. 마침 의기도 충천했고, 수행이 잘 되어 순식간에 수다함과를 얻을 수 있다는 착각이 들 정도였다. 그런데 과식하면 체하듯이 다른 명상 센터로 옮겨간 날부터 거의 두 달 동안 건강이 좋지 않아 고생하였다. 외국까지 가서 건강 이상으로 수행하지 못한다는 극도의 불안감이 나를 더 힘들게 했다(실은 외국 수행자들은 누구나 한 번쯤 이런 일을 겪는다).

그때 깨달은 것이 있었다. 물이 흘러가는 대로, 바람 부는 대로 그 흐름에 따르자는 생각이었다. 어떤 틀 속에 자신을 가두어 놓고, 수행의 어떤 목표를 달성해야 한다는 목적의식을 버려야 한다는 것을 터득했던 것이다. 일반인들의 시각으로 볼 때 목적의식이 없는 어리석은 자로 볼 수도 있겠지만 수행에서 지나친 목적을 갖고 있다는 것은 하나의 번뇌이므로, 이런 집착을 떨쳐버리는 것이 가장 중요하다. 다행히도 그 당시 집착을 내려놓으니 육체적·심리적으로 모두 안정을 되찾을 수 있었다.

여기서 나는 명상으로 인한 효과를 언급하고 있지만, 명상하는 사람은 명상을 통해 어떤 효과를 얻는다는 지나친 목적의식을 내려놓았으면 한다. 목표 지점을 정하지 않고, 그 과정 속에서 인생의 행복을 지향한다는 마음으로 명상할 때, 사소한 걱정에서 벗어나 평온과 여유를 얻으며, 매사에 긍정적인 성격으로 바뀔 수 있다. 무엇보다도 사물에 대한 이해가 깊어지면서 살아있는 것에 감사한 마음을 가지게 될 것이다.

명상하는
방법과 자세

　교敎는 음식의 견본이나, 지도와 같은 것이다. 직접 체험을 하고 명상을 해야 한다. 명상은 수도의 목적과 차원의 정도에 따라 그 내용과 형식이 달라진다. 선禪은 앉아서 좌선하는 자세만이 아니라, 누워서도 서서도, 말하는 어느 때 어느 곳에서도 할 수 있다. 하지만 좌선하는 방법이 가장 보편적이라는 점을 염두에 두자.

　명상은 다음의 세 가지를 주축으로 하며, 셋이지만 반드시 하나(一如)가 되어야 한다. 첫째는 조신법調身法으로, 명상하는 신체의 자세이다. 둘째는 조식법調息法으로, 호흡의 다스림이다. 셋째는 조심법調心法으로, 어떤 마음가짐을 가지고 명상하는가이다. 사람이 살면서 심신일여心身

一如가 되어야 완벽한 삶이 되듯이 명상에서도 몸·마음·호흡, 세 가지가 서로 도와주며 조화를 이루어야 한다.

우선 명상하는 데 방해되지 않을 조용한 방을 정한다. 그렇지 못할 경우, 다른 조용한 공간을 정해도 된다. 주변을 정화시키는 방법으로 향을 하나 피우는 것도 어떨까 싶다.

배가 너무 불러도 집중에 방해되므로 식사와 수면을 조절한다. 복장은 간단히 하고, 허리띠를 편안하게 한다. 앞에서 언급한대로 명상의 세 가지 근간인 몸의 자세, 호흡 조절, 마음 상태에 대해 살펴보기로 하자.

첫째, 몸가짐(조신調身)이다.

자세가 안정되어야 호흡과 마음이 순서대로 잘 진행되어 명상에 효과가 있다.

① 몸은 방석 위에 정좌하여 등뼈를 똑바르게 하고, 허리를 쭉 펴며, 가부좌 또는 반가부좌로 앉는다. 이 자세에 대해 사람들에게 권하는 방법이 있는데, 다음과 같다.

먼저 앉은 자세에서 몸 전체를 움직이지 말고 상체를 앞으로 밀면서 엉덩이를 뒤로 살짝 뺀다. 다음 상체를 똑바로 하고, 아랫배(단전)를 살짝 앞으로 내민다. 그러면 굳이 등뼈를 똑바로 하지 않으려고 해도 자연스럽게 허리가 꼿꼿하게 된다.

▶ 결가부좌는 먼저 오른발을 왼쪽 넓적다리 위에 올려놓고, 왼발

은 오른쪽 넓적다리 위에 얹어 서로 교차시킨다. 두 무릎은 가능한 한 바닥에 닿게 한다.

몸의 중심이 양쪽 무릎과 청량골이 삼각형이 되도록 한다. 결가부좌 자세를 평소에 활용한다면 참선이 몸에 배게 되고, 결가부좌가 익숙해지면 공부할 때 집중력을 높이고 스트레스를 줄일 수 있다.

▶ 반가부좌는 결가부좌가 어려운 경우, 왼쪽다리를 오른쪽 허벅지 위에 올려놓는다. 어느 쪽을 올려놓아도 무방하다.

양쪽 무릎이 가능한 한 바닥에 닿도록 하며 몸의 중심이 삼각형을 이룬다. 코와 배꼽이 일직선상에 놓이게 한다.

② 손을 펴서 왼손을 오른편 손바닥 위에 올려놓아 엄지손가락을 가볍게 서로 맞대어 타원형이 되게 한다. 다음 단전丹田 부분에 놓고 엄지손가락 연결부를 배꼽과 일직선상에 놓고, 양쪽 엄지손가락의 손톱과 손톱이 서로 맞닿게 한다(법계정인法界定印).

③ 머리는 숙여서는 안 되고, 반듯이 하고 수평으로 해서 뒤로 끌어당긴다.

④ 귀와 어깨는 일직선상에 있게 한다. 양 팔꿈치는 몸에서 떨어지게 한다.

⑤ 입은 가볍게 다물고 이빨도 지긋이 맞대고 혀끝을 입천장에 댄다.

⑥ 가슴에 힘을 넣지 않고 양 어깨를 낮춘다. 허리를 쭉 펴고 턱을 끌어당긴다.

⑦ 눈은 두 가지 방법이 있다. 간화선에서는 눈을 감지 않고 반쯤 뜨

는 방법이고, 위빠사나에서는 눈을 감는 방법이다. 눈을 반쯤 뜨는 경우는 시선은 코끝을 내려다 볼 정도로 하고 양 무릎과 삼각 지점이 되도록 한다(피라미드식).

지금과 같이 몸의 자세에 대해 언급했는데, 간화선과 위빠사나의 자세가 조금씩 다르다. 어떤 명상을 하든 지도하는 분의 말씀에 따르는 것이 옳을 듯 하다.

이 책은 전문적인 수행법을 위한 지도서가 아니므로 처음 명상을 하거나 학생들인 경우는 눈을 감고 하는 방법이 집중력을 얻는 데 효과적이라고 생각한다.

둘째, 호흡 조절(조식調息)이다.

내쉬는 숨은 호呼, 들여 마시는 숨은 흡吸이다. 호흡의 길이는 자신의 체질에 맞게 하면 된다.

① 숨을 들여 마실 때는 자연스럽게 아랫배가 나오도록 하고, 숨을 내쉴 때는 아랫배가 들어가도록 한다.

② 내쉬는 숨을 길고 천천히 하며, 들이쉬는 숨을 짧게 한다. 호흡이 혼란스러우면 마음도 혼란해진다. 내쉬는 숨을 길게 하면 호흡이 안정되고, 호흡이 조절되면 명상이 수월하다. 명상을 하면 자신감이 생기고 배짱이 커지는데, 이는 호흡을 조절하는 데서 힘을 얻기 때문이다.

셋째, 마음가짐(조심調心)이다.

몸가짐이나 호흡법의 모든 자세는 주위 경계나 사물에 집착하지 않도록 자신의 본래면목을 되찾는 훈련이다.

좌선의 가장 중요한 점은 마음을 고요히 한곳에 모아 몰입해 나가는 일이다.

마음가짐에 대해서는 각자의 화두나 주제를 가지고 하면 된다. 여기서는 재가자나 학생들에게 가르쳐준 몇 가지 방법을 소개한다.

① 시심마是甚麼(이뭣고?), 즉 '나는 누구인가?'이다. 이 화두는 가장 보편적인 주제이다. 보고 듣고 냄새 맡고 생각하고 누군가를 사랑하기도 하고, 누군가를 미워하는 근원적인 '내가 누구인지?'를 화두로 들어야 한다.

② 일으키는 생각마다 이 생각을 일으키는 나는 누구인가?

③ 호흡 명상을 할 경우, 자신의 집중을 오로지 숨을 들이쉬고 내쉬는 데 몰입한다.

④ 부모미생지전父母未生之前 본래면목本來面目, 태어나기 이전에 나는 누구인가?

⑤ 학생들에게 집중할 수 있는 대안으로 자신의 단점이나 콤플렉스가 있는 것을 선택하라고 한다. 즉 대인 공포증이 있는 사람의 경우 '나는 왜 사람 앞에 서면 가슴이 떨리는가?', 공부에 진전이 없으면 '왜 공부에 진전이 없을까?' 등이다. 이런 화두에 집중하다 보면 자신의 결점

이나 약점도 보완할 수 있고, 집중력도 향상시킬 수 있다.

⑥ 현재 눈을 감은 자신 앞에 검은 점을 하나 두고, 그 점에 집중해 본다.

⑦ 조용한 숲 속에서 어느 누구에게도 방해받지 않고 홀로 걷고 있는 자신을 떠올린다.

⑧ 이 책에서 제시하고 있는 어떤 주제(긍정 명상. 참회 명상. 자비 명상)를 가지고 명상한다면, 그 주제에 몰입하라.

아무 생각 없이 편안한 자세로 앉아서 자기 생각을 정리하거나 반성하는 것, 추억을 떠올리는 것을 명상이라고 할 수 없다.

좌선하는 자세나 호흡, 마음가짐을 올바르게 익혀 반드시 노력과 훈련이 필요하다. 그냥 이루어지는 것이 아니다.

명상하는 자세와 정신 집중에 익숙해지면, 이 세상에서 가장 행복한 일이 명상이라는 것을 체험하게 될 것이다. 맛있는 음식을 아무리 맛있다고 설명해봐야 내 입만 아프다.

직접 음식을 먹어봐야 하듯이, 명상의 맛을 체험해 보라. 그러면 내 말이 틀리지 않음을 알 수 있을 것이다.

Chapter 8

젊은이를 위한
마당

내일은 그대를
기다려 주지 않는다

어린 시절 어머니를 따라 절에 가 법당 내부 뒷면에 그림으로 그려진 동화를 자주 보았다. 한참 자란 후에 그 내용이 인도의 전설적인 한 고조寒苦鳥(추위에 떨며 고통받다 죽은 새) 이야기라는 것을 알았다. 종강 날, 학생들에게 이 새 이야기를 자주 해주곤 한다.

인도 대설산大雪山, 히말라야산맥에 예쁜 새 한 마리가 살고 있었다. 이 새가 사는 곳은 경치가 매우 아름다웠고 주위에 많은 친구들이 있었다. 낮에는 친구들과 신나게 놀면서 이산 저산을 날아다니며 더할 나위 없이 즐거운 환락에 빠져 지냈다.

그런데 주인공 새는 밤만 되면 잠잘 쉼터(둥지)가 없었다. 결국 친구

집을 기웃거리며 하룻밤을 재워달라고 애걸하지만 낮에 함께 놀던 친구들은 냉정히 거절한다. 간혹 하룻밤 재워주는 친구도 있었지만 달가워하지 않았다.

잠잘 곳을 구하지 못한 밤에는 추위에 오들오들 떨면서 맹세한다. '오늘 날만 새면 내일은 친구들과 놀지 않고 반드시 내 집을 지어야지.' 그러다 정작 날이 밝으면, 그 맹세를 까맣게 잊어버리고 친구들과 노는 일에 정신이 팔려 있었다. 밤만 되면 밤새도록 떨면서도 '내일은 꼭 내 둥지를 지어야지.'라는 맹세를 거듭하다 어느 날 밤, 결국 새는 얼어죽었다고 한다.

세상의 즐거움에만 탐닉해 게을러져서 도를 깨치지 못하고 밥만 축내다가 어영부영 살다간 수행자를 한고조에 비유한 전설 이야기다.

옛날 스님들은 황혼 무렵이 되면, "수행도 제대로 하지 않았는데, 또 하루해가 저무는구나."라고 한숨 쉬며 다리 뻗고 울었다고 하는데, 나는 해만 저물면 다리 뻗고 쉬고 있다.

예전에는 옛 스승들의 경책 문구를 보면 가슴 한 켠에 휭하니 지나는 바람이 나를 힘들게 했는데, 지금은 많이 무디어졌다. 철없던 어린 시절 재밌게 보았던 그림을 어른이 된 지금, 수행의 끈이 늦춰질 때마다 한고조를 떠올린다.

인생은 자신이 스스로 책임져야 한다. 어느 누구도 대신해주지 않는다. 내 집은 내가 지어야지 대신 지어줄 사람이 없다.

공덕이든 수행이든 스승이 대신해줄 수 없으며, 도반이 해줄 수 있는 것이 아니다. 본인 스스로의 경책이 중요하다.

내일은 그대를 기다려 주지 않는다. 오늘 하루에 충실하다면 적어도 한고조와 같은 삶은 살지 않을 것이다. 하루살이는 3년 동안 알 속에 있다가 깨어나 하루를 사는데, 그 하루 동안 단 한 번도 날개짓을 쉬지 않는다고 한다. 미물도 이러할진대 부단한 노력과 정진은 사람으로서의 도리요, 삶의 올바른 모습이라고 생각한다.

얼마 전에 애플사 창립자이자 전 CEO인 스티브 잡스(Steve Jobs, 1955 ~2011)가 사망했다.(나는 첨단을 달리는 아이폰을 사용해서 잡스를 아는 것이 아니라, 그가 오랫동안 명상한 명상자이기 때문에 알고 있다.) 살아생전 그의 연설 중에 이런 말이 있다.

"지금 여러분은 미래를 알 수 없습니다. 다만 현재와 과거의 사건들만을 연관시켜 볼 수 있을 뿐입니다. 현재가 미래와 어떻게든 연결된다는 걸 알아야 합니다.

배짱, 운명, 인생, 카르마 등 그 무엇이든 믿음을 가져야만 합니다. 왜냐하면 현재가 미래로 연결된다는 믿음이 여러분에게 자신감을 주기 때문입니다."

과거와 미래를 잇는 가장 소중한 시간은 바로 오늘이다. 오늘에 성실하면, 밝은 내일이 보장되는 것은 당연한 이치이다. 장밋빛 미래를 원한다면 바로 현재 충실함이요, 현재에 충실함은 바로 찬란한 미래가 열린다는 것을 명심하라.

살다 보면 꿈이 바뀔 수 있고, 인생관이 바뀔 수 있다. 삶을 바라보는 각도가 바뀌기 때문이다. 바뀔 때 바뀌더라도 현재 주어진 상황에서 열심히 한다는 것, 그 자체가 중요하다. 목표 지점은 없다. 지금 현재가 중요하지, 무엇이 중요하겠는가. 인간은 시간이라는 씨줄과 공간이라는 날줄 속에 존재한다. 현재 순간순간 씨줄과 날줄의 긴밀함이 아름다운 옷을 만들 수 있는 법이다.

잠시 휴식의 여유, 명상이라는 쉼을 갖자. 현재의 시간과 공간에서 '진실한 마음가짐으로 최선의 삶을 살았는가'를 화두로 자신을 살펴보자. '무엇을 할 것인가'가 아니라, 현재 나의 마음가짐을 있는 그대로 관찰하여야 한다. 이 관찰은 자연스럽게 현재에 머물도록 해준다. 이 현재 중시는 부처님께서도 제자들에게 누누이 강조하셨다.

다음은 《장로비구니게》에 전하는 비구니 스님의 게송이다.

"짧은 인생, 늙음과 병고가 인생을 갉아 먹고 있구나.
이 몸이 부서지기 전에 게으르게 살지 말고 부지런해야겠다."

미래가 불투명할 때,
밝은 삶을 위한 명상 - 자신감을 키우는 명상

우리는 순간순간의 마음가짐을 통해 현실을 만들어 간다. 시간적으로는 현재요, 공간적으로는 여기에서 자신의 삶을 한땀 한땀 엮어내어 미래로 나아가고 있다.

과거가 있지 않으면 현재가 없는 것이요, 현재가 있기 때문에 미래가 존재할 수 있다. 그런데 바로 이 공간과 이 자리, 즉금의 현 이 자리에서 어떤 생각을 하느냐, 어떤 마음가짐을 가졌느냐에 따라 미래의 삶이 펼쳐진다는 사실이다.

물론 인생이 내 뜻대로 되는 것은 하나도 없다. 또한 내가 바라는 대로 모든 것이 이루어지지 않는다. 그렇다고 좌절해서는 안 된다. 인생은 매우 짧다. 그 짧은 삶 속에 얼마든지 내가 원하는 삶을 기획해 나갈 수 있다는 것이다.

바로 현재 이 순간에, 자신이 진정으로 원하는 것에 대한 간절한 바람만 있다면 얼마든지 자신이 원하는 미래를 설계할 수 있다.

내가 고등학생일 때, 고교 야구 인기가 대단했다. 그 당시는 프로 야구가 없었기 때문에 고교 야구는 단연 인기가 있었다.

이때 야구를 즐겨본 경험이 있어, 지금도 야구 경기를 즐겨 보고, 야구 선수는 눈여겨 보는 습성이 있다. 내게 영웅인 야구 선수가 있는데, 누구나 좋아하는 박찬호 선수이다. IMF 외환위기로 한국이 어려웠을 때, 그는 한국인에게 희망의 상징이기도 하였다.

박찬호는 미국에서 선수 생활을 할 때, 명상을 배웠고 평소 명상을 하였다. 어려웠던 외국 생활에서 명상은 그에게 큰 버팀목이 되어주었다고 한다. 그는 인터뷰에서 이런 말을 하였다.

"명상이 없었으면 저는 아마 세상에 없었을지도 모릅니다. 두렵고 부끄러운 것들에 모험을 거는 거죠. 용기를 내서 명상하다 보면, 내 자신과의 싸움에서 이겨내는 것 같았습니다.

또한 방법을 찾는 것 같았구요. 내가 지금 힘들어도 할 수 있다는 생각, '할 수 있어'라는 생각, 그런 생각을 갖게 하는 것 같았습니다."

그러면서 박찬호는 늘 마음속에서 이런 다짐을 했다고 한다.

'적은 밖에 있는 것이 아니라 내 안에 있다. 나를 극복하는 순간 나는 징기스칸이 된다.'

또 하나의 사례를 소개하고자 한다. 테니스를 주제로 한 〈윔블던 (wimbledon)〉이란 영화에서 주인공 선수는 서브를 넣기 전 마음속으로 늘 이런 독백을 하였다.

'난 할 수 있어. 이것만 성공하면 내가 이긴다.'

가령 이 선수가 서브를 넣을 때마다 '나는 왠지 이번에 서브가 잘 될 것 같지 않다.'고 불안한 마음으로 경기에 임했다면 과연 이 선수가 이길 수 있었을 것인가! 바로 상대편 선수를 제압할 수 있는 자신감이 있었기 때문에 경기에서 승리할 수 있었다고 본다.

자신감이 충만한 이 선수는 경기마다 자신의 기량 이상을 발휘할 수 있었고, 선수에게 승리를 가져다주었다. 자신이 '할 수 있다.'는 의지와 마음만 있다면 자신이 원하는 일을 성취할 수 있으며, 인생에서도 성공할 수 있다. 우리 인간의 마음은 이렇게 강한 것이다.

예전에 어떤 광고에서 '생각대로…'라는 말이 있었다. 광고업자의 기발한 광고 문구에 참으로 놀라웠다.

자신의 좋은 생각이 곧 현실로 드러난다는 것, 바로 이 뜻이 아닐까? 그래서 자신이 간절하게 생각하는 대로(=원하는 대로), 인생이 펼쳐진다는 것이다.

미국인 헬런 니어링(1904~1995)은 자연주의자이자 환경 애호가였다.

그녀의 남편 스코트(1898~1987)는 교수이자 저명한 저술가였는데, 왕성하게 활동할 때, 교단에서 쫓겨났다. 또 스코트가 옮긴 다른 학교에서도 쫓겨나고, 자신의 저서 인세도 받지 못하는 불운을 당했다. 이런 끊임없는 불행에도 스코트는 헬런에게 이런 말을 자주 하였다.

"Things will come right, 항상 좋은 일만 생길 거야"
"밝은 미래만이 우리를 기다릴 거야."

자신 스스로 삶을 만들어간다. 절대 남을 의지해서도 남을 탓해서도 안 된다. 자신의 생각과 행동에 의해 미래가 주어지는 법이다. 그러니 늘 희망을 꿈꿔야 한다.

그런데 불행한 삶이 거듭되고, 자신의 미래가 불투명하다면 스스로에게 희망의 메시지를 불어넣어 보자.

> 첫째, 먼저 자세를 편안하게 하고, 마음을 가다듬는다. 자신의 이름을 나직이 부르며 내가 어떤 존재이고, 무엇을 하기 위해 명상을 하는지 자신에게 물어본다.
> 둘째, 자신이 가장 원하는 것을 종이에 적는다. 순간적으로 머릿속에 떠오르는 것을 적는다.
> 셋째, 적힌 목록을 보고 자신이 간절히 원하는 것에 대한 보상이나 결과를 생

각한다.

넷째, 원하는 결과나 목표가 이루어진 것에 대해 상상을 하며 그림을 그린다.

다섯째, 원하는 것과 보상에 대해 적은 2~3개의 문장 속에 축약되는 단어나 간단한 문구를 선정한다.

여섯째, 확신을 갖고 자신이 선정한 문구나 단어를 자기 입 밖으로 소리 내어 말한다. 사람이 많을 때는 귀를 막고 작은 소리로 읊조리고, 혼자 있을 경우에는 큰 소리로 말한다. 이 말이 자신의 의식 깊숙이 세포까지 스며들도록 한다.

"말이 씨가 된다(The Word becomes the seed)."고 하지 않는가! 가슴에만 품지 말고, 자신의 간절함을 입 밖으로 내는 일이 매우 중요하다고 본다.

이렇게 반복하다 보면 자신이 생각한대로, 원하는 대로, 말한 대로 행동을 실천하게 되고, 자신을 그 위치에 가져다 놓는다. 부정적인 생각을 하지 말라. 그 부정적인 생각이 현실이 될 수도 있다는 것을 명심하라. 생각이 바뀌면 삶 또한 당연히 바뀌는 법이다.

자신만의 그릇으로,
자신만의 색깔을 찾자! - 자존감을 갖자!

가을 학기 말이 되면, 졸업을 앞둔 학생들과 대화할 때가 있다. 그들의 고민을 들으며 함께 공감을 하면서도 안타까움이 앞선다. 어학 능력 부족, 자격증 미취득, 취업에 대한 자신감 부족 등으로 인해 자신에 대한 패자 의식을 가진 학생들이 많았다. 이 학생들에게 용기를 주어야 한다는 생각을 하면서 학생들이 패배 의식을 갖는 원인이 무엇인가를 생각해 보았다.

첫째, 자신에 대한 신뢰감과 자존감 부족.

둘째, 노력은 하지 않고 욕심만 앞서 있는 것.

셋째, 사행심이나 기회주의를 바라는 것.

넷째, 지나치게 자기 이익만 추구하는 이기심.

다섯째, 인간의 외로움과 바람을 물질적인 것으로만 해결하려는 것.

여섯째, 마음의 평온을 가질 수 있는 독서나 명상, 여행을 즐기지 못하는 마음의 가난.

이렇게 몇 가지라고 생각되는데, 젊은이라면 자신은 어느 부분에 해당되는지 살펴보았으면 한다. 아마 대학 졸업을 앞둔 젊은이만의 문제점은 아니라고 본다. 남녀노소를 떠나 모든 이들에게 해당될 거라고 본다.

내가 제시한 것 중 무엇보다도 자존감과 자신에 신뢰감을 갖는 것이 가장 중요하다고 본다.

요즘 인터넷상이나 스포츠 뉴스에서 인기 있는 사람은 김연아 선수라고 생각된다. 김연아는 눈빛에 자신감이 꽉 차 있다. 어디서 저런 자신감이 넘쳐흐를까라는 의구심이 들 정도이다. 아마 김연아 선수 같은 사람은 어떤 직업을 선택했더라도 그 분야에서 성공했을 것이다.

또 한 사람을 추천한다면, 세계 최초의 유일한 흑인 여성으로 억만장자인 오프라 윈프리(Oprah Winfrey, 1954~)다. 그녀는 〈오프라 윈프리

쇼)라고 하는 자신의 이름을 내건 프로그램으로 25년을 방송한 베테랑 방송인이다.

윈프리는 미시시피 주 가난한 농가에서 사생아로 태어났다. 가난한 외할머니에게 양육되다가 가사 도우미로 일하는 어머니에게서 자랐다. 9세에 사촌에게 성폭행을 당했고, 사춘기 시절에 아버지 집으로 옮겨 생활하면서 임신 중절, 마약 등을 경험하며 성장했다.

이런 그녀가 대학 시절에 지방 방송국 뉴스를 진행하면서 아나운서의 길을 걷기 시작해 31세에 자신의 이름을 내건 토크쇼를 진행했다.

이후 오프라는 사회 활동, 문화 활동으로 미국을 움직이는 주요 인물 중 한 사람이 되었다. 그녀의 저서《나는 실패를 믿지 않는다(I Don't Believe In Failure)》에 담긴 문구 2개만 살펴보자.

"누구나 자신의 행운을 만들어 낼 수 있다.
기회가 다가오면 잡을 수 있도록
언제든 만반의 준비를 하고 있어야 한다."

"당신이 다른 사람을 이기려고 굳이 애쓸 필요가 없다.
다른 사람을 흉내 낼 필요도 없다. 그냥 당신 자신이 되라."

김연아 선수나 윈프리에게 느낄 수 있는 공통점은 바로 자신감이다. 자신만의 색깔로 최선을 다하는 이들이 인생의 진정한 승자라고 생각한다. 어느 누구도 자신의 인생을 대신해줄 수 없다. 자신이 스스로 헤쳐 나가야 하는 것이다.

이렇게 자신감 있게 세상을 살아나가는 마음 자세에는 여러 가지가 있을 것이다.

첫째, 자신감을 갖기 위해서는 자신에 대한 가치의식이 중요하다. 곧 자신에 대한 신뢰감, 자존감을 가져야 한다. 그대는 이 세상 어느 누구와도 같을 수 없고 비교될 수 없는 뛰어난 존재이다.

사실은 사람들이 남에 대해 그렇게 판단하지 않는데도 대부분의 사람들은 자신의 생각이 만들어낸 비굴함 · 패배의식 · 두려움으로 자신을 스스로 패자로 만든다. 그대가 그대 자신을 신뢰하지 못하는데 누가 그대를 신뢰하겠는가? 그러니 자신에 대한 불신감부터 없애야 한다.

미국의 심리 치료 연구자인 버지니아 사티어(Virginia Satir, 1916~1988)는 '특별한 존재(Unique Being)'라는 글에서 이렇게 표현했다.

"나는 내가 특별한 사람이라는 것을 압니다.

나와 똑같은 사람은 아무도 없습니다.

단정함, 사랑, 그리고 에너지,

이러한 모든 것들은 다른 사람들에게 전해줄 수 있으며

나 자신에게도 전해줄 수 있습니다.

왜냐하면 나는 특별한 존재이기 때문입니다.

나는 감사를 받을만하고,

높은 자존감을 갖기에 충분한 아주 특별한 존재입니다."

하느님과 부처님께 기도한다고 하지만, 자신의 간절함이 부처님과 하느님을 통해 실현될 수 있는 것이다. 자신이 믿는 종교 이전에 자신에 대한 확고한 신념과 긍정 마인드를 갖는 것이 중요하다는 것이다.

둘째, 자기답게 사는 일이다. 누구나 각자 자신만의 재능이 있으며 자기만의 그릇이 있다. 경허(1846~1912) 선사 법문 중에 이런 내용이 있다.

"큰 그릇은 다만 큰 데 쓰일 것이고, 작은 그릇은 작은 데 쓰일 뿐이다. 크건 작건 그릇들은 각자 그들의 역할이 있다…. 좋고 나쁜 것은 없다. 좋은 것들은 좋은 대로, 굽은 것은 굽은 그대로 목적에 맞게 잘 사용하면 된다."

이 세상은 자신만이 할 수 있는 일이 있는데 나답게 살면 되는 것이지, 굳이 타인을 의식할 필요도 없으며, 자신의 인생 계획을 다른 사람 기준에 맞출 필요가 없는 것이다.

사람마다 자신만의 색깔이 있다. 어떤 사람이 그대만이 가지고 있는 파란색을 좋지 않다고 해서 빨간색으로 바꿀 필요가 있는가? 그럴 필요는 없다. 그대 자신만의 색깔을 자랑스럽게 여기고 그대만의 향기로 세상을 살아가면 된다.

셋째, 내가 세상을 살아가면서 고통스럽고 힘든 만큼 다른 사람도 고통받고 살아간다는 공감의식을 갖는 것도 중요하다.

나 혼자만 이 세상의 무거운 짐을 짊어지고 가는 것 같지만, 세상의 모든 사람들이 다 그렇게 힘들게 살아간다.

내가 겪는 고통이 남들도 똑같이 겪고 있다는 점을 마음에 두는 일이다. 이렇게 생각하다 보면 모든 존재들에 연민심을 품게 되고, 자신감과 평온함이 생긴다.

자! 그렇다면 자신감을 회복하는 문구(앞의 내용을 정리한 것)를 만들어보자. 마음을 편안히 가라앉히고, 현재 이 순간만큼은 가장 행복하다고 생각한다.

다음 문구를 하루에도 몇 번씩 상기해보자.

나는 이 세상 어느 누구와도 비교될 수 없는 뛰어난 존재이다.

내가 고통받는 만큼 이 세상 모든 존재들이 똑같이 고통을 받는다.

나와 더불어 모든 존재들이 행복하기를….

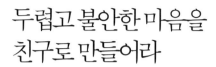

두렵고 불안한 마음을
친구로 만들어라

아침 일찍, 동국대학교 수업 e-class(과목별 수업 홈페이지)에 들어가니, 쪽지가 하나 도착해 있었다. 다음은 학생이 보낸 쪽지를 그대로 옮긴 내용이다.

"교수님, 제가 오늘 학점에 눈이 멀어 그만 시험 시간에 커닝을 하고 말았습니다. 교수님께 걸려서 빵점 처리가 되긴 했지만 한때의 욕심에 그랬다는 게 정말 후회됩니다.

바늘 도둑이 소 도둑 된다고, '한번 이렇게 해서 실패했지만 다음엔 이렇게 하면 되겠지.'라는 생각도 들고……. 하지만 후회하는 마음이 더

큽니다. 시험이 하나 더 남았는데 마음을 가라앉히려고 명상해도 머릿속이 가라앉지를 않아요. 마음을 차분히 하는데 명상하는 것보다 더 좋은 것은 없을까요?

스님에게 터놓고 말합니다. 친구들이 해주는 그 어떤 말보다도 스님의 말씀이 제 마음을 더 안정시키는 것 같습니다."

가끔 학생들이 어떻게 불교를 믿어야 하는지, 혹은 어려운 숙제에 대해 묻곤 하는데, 이런 경우의 학생은 처음이다. 이 쪽지를 아침에 보고 강의에 들어간지라, 그 학생의 문제점에 대해 객관적으로 생각해보자며 학생들에게 이런 말을 하였다.

"여러분, 나는 그 학생에 대해 이렇게 생각합니다.

첫째, 아직 학생들은 완전한 어른이 아니라고 봅니다. 얼마든지 실수를 할 수 있습니다.

사람들은 대체로 자신의 과오를 합리화하는 경우가 많은데, 자신의 과오를 후회하고, 솔직하게 자신을 드러내었다는 데 매우 고무적인 일입니다.

그 학생이 기회주의적인 이기심을 자책하면서 삶의 새로운 모색을 찾고 있으니 칭찬받을 만하다고 생각합니다.

둘째, 과거는 지나가 버렸고, 흘러간 과거의 물살을 거슬러 올라갈 필요는 없습니다. 앞으로가 중요합니다.

앞으로 여러분이 인생을 살아가면서 고통스럽거나 후회스런 일이 발생할 때도 과거가 아닌 현재와 미래를 중시하기 바랍니다.

지나간 일(시험을 망친 것)에 후회하는 것보다 앞에 남아 있는 시험이라도 열심히 공부해서 앞의 시험 망친 것을 만회하려는 마음 자세가 중요하다고 봅니다.

셋째, 지금 이렇게 힘들고 괴로울 때는 어떠한 해결 방법도 없습니다. 어느 누구도 도와줄 수 없으니, 자신 스스로 마음을 가라앉히는 것이 최선입니다. 친구와 떠들고 애기하거나 술을 마신다면 그건 암환자가 잠시 진통제를 맞는 것과 같습니다.

시간이 지나면 또 진통이 시작되니, 아예 아프지 않는 방법을 찾아보는 일입니다. 바로 명상을 해보는 겁니다. 명상 주제는 '시험 기간에 불안하고 두려워하는 그 내가 누구인가?'로 해서…."

자신이 두려워하거나 불안해하는 그 마음이 어디서 일어나고 있는지를 관찰하면서 명상하는 것도 두려운 마음을 줄일 수 있는 방법이다. 이렇게 명상 주제를 가까운 데서 찾는 것도 괜찮은 방법이다.

불안이나 두려움을 떨치려고 하면 할수록 더 불안하고 두려운 법이다. 그 두렵거나 불안한 마음을 아예 자신의 친한 친구로 생각해보라.

이렇게 자신의 두려움과 불안함을 대상으로 하다 보면, 명상이 끝나면서 불안이나 두려움을 별것이 아닌 것처럼 느낄 수 있게 되고, 그러면서 스스로 위안을 얻게 될 것이다.

두려움이란 어찌 보면 과거의 친숙한 것에 대한 표현일 뿐이다. 실은 그 시험 자체가 두렵고 불안한 것이 아니라, 학생들의 마음에서 만들어내는 부정적인 생각이 마음을 힘들게 하는 것이다.

불안함이나 두려움의 근원처는 바로 우리가 행복을 느끼는 곳과 똑같은 장소(마음)이다.

불안과 두려움은 허공에 잠시 생겨났다가 금방 사라지는 신기루와 같은 것이다. 만지면 부서져 없어지는 것인데도 우리들은 실체가 있는 것처럼 생각하며 힘들어한다. 또한 진정한 자기 것이 아닌 것(거짓된 것)을 끌어안으며 집착하기 때문에 괴로움이 사라지지 않는 것이다.

그러니 두려움이나 불안이라는 실체를 명확히 보고, 친한 벗처럼 끌어안아 보라. 그러다 보면 자신도 모르는 사이에 마음이 평온해져 있을 것이다.

성취와 성공

근래는 방송이나 책과 강연에서 명상과 더불어 힐링이라는 단어가 널리 통용되고 있다. 이 말을 많이 쓰고 있다는 것은 그만큼 사람들이 필요로 한다는 뜻이다. 왜 필요한지의 원인을 살펴보면 스트레스가 매우 많기 때문이요, 또 그 스트레스가 일어난 원인을 살펴보면 바로 욕심 때문이라고 생각한다.

남들보다 더 잘나야 하고, 남들보다 더 잘 되어야 하고, 남들보다 더 많이 가지려는데 충분히 갖지 못하는 욕구불만이 스트레스로 전환되기 때문이다. 그 스트레스로 인해 몸과 마음에서 고통이 따르고 그러다보니 그 고통에서 벗어나고자 힐링을 필요로 한다.

즉 욕심을 부리다보니 스트레스가 발생하는 것이고 그 스트레스를 최소화하기 위해 힐링을 필요로 한다는 뜻이다. 곧 약이 절실히 필요해서 먹었는데, 그 약 때문에 생긴 부작용을 치료하기 위해 또 약을 먹어야 하는 것과 같은 이치이다.

자!, 그렇다면 우리 모두가 과욕을 부리면서까지 도달코자하는 목적지가 어디인가? 바로 성공과 행복일 것이다.

대부분의 젊은 사람들은 세상 사람들이 정해놓은 엘리트 코스인 직업에 목적을 둔다. 천편일률적으로 타인들이 정해놓은 목표지점을 향한다는 뜻이다.

일본의 코칭 심리학자 히라모토 아키오는 "누구에게나 자신만의 성공법칙이 있는데 목표라는 한 지점을 두고 그 목표를 향하여 모두 뛰라고 하는 것은 잘못되었다."고 하면서 "그런데도 우리 사람들은 끊임없이 목표만을 강조하고 따라오기만을 다그친다."고 하였다. 자신의 감성이나 취향은 멀리 제쳐두고, 타인들이 말하는 목표지점을 염두하고 있으니 젊은이들은 스트레스의 연속선상에 놓여 있는 셈이다.

세상 사람들이 말하는 길, 그 길대로 가야만이 성공한 인생이라고 정의할 수 있을까? 한 마디로 그렇지 않다. 자신이 무엇을 좋아하고, 무엇을 추구하는지 깊이 성찰한 뒤, 감수성이 깊은 사람은 예술적 일을 추구해 가고, 이성적 판단력이 깊은 사람이라면 그런 류의 일을 지향하면서 성취감을 느껴보는 것이다.

유명한 여배우 헬렌 헤이스는 〈성취와 성공의 차이〉에 대해 그녀의 어머니가 그녀에게 이런 말을 해주었다고 한다.

"성취란 네가 열심히 공부하고 일했으며, 네가 하고 있는 일에 최선을 다했다는 것이다. 반면 성공은 남들에게 추앙받는 것으로, 멋진 일이긴 하나 그렇게 중요하거나 만족을 주는 것은 아니다. 항상 성취를 목적으로 삼되 성공에 대해서는 잊어라."

자신이 원하는 데에 목표 지점을 두되, 그 노력하는 과정 속에 있는 자신을 높게 평가해 주어야 한다. 과정이 없는 성공은 없는 법이다. 그 과정을 즐기는 성취감 속에서 성공은 자연스럽게 따라오게 되어 있다.

"세상의 80%는 목표 없이 성공했고, 세상의 20%는 목표를 세워 성공했다."라는 말이 있다. 내가 하고 싶은 일을 하고, 좋아하는 일을 하면서 성취감을 느끼는 것도 인생의 보람이 아닐까?

설령 자신이 정했던 목표에 도달하지 못하고 실패하더라도 자괴감을 갖지 말라. 그 지점까지 노력한 만큼의 자신에게 박수를 보내어라. 누구나 다 실패하는 시행착오를 겪게 되어 있다. 누가 먼저 일어서느냐가 관건이다. 과정에서 노력한 성취감을 즐기는 것도 인생의 진정한 행복이요, 삶의 완성임을 잊지 말라.